CARRÉS CLASSIQUES

Collection LYCÉE dirigée par
Sophie Pailloux-Riggi
Agrégée de Lettres modernes

Guy de Maupassant

Une Partie de campagne

1881
texte intégral

Édition présentée par
Anne Cassou-Noguès
Agrégée de Lettres modernes

Nathan

sommaire

Contextes

Lire Une Partie de campagne

Relire Une Partie de campagne

Ce logo indique les pages dédiées particulièrement à l'histoire des Arts.

ISBN : 978-2-09188515-5 -

Dossier central images en couleurs

sommaire

Qui est Maupassant en 1881 ?

Une enfance normande

Maupassant naît le 5 août 1850. Sa famille séjourne quelque temps à Paris, avant que ses parents ne se séparent et qu'il ne retourne vivre, avec sa mère et son frère, à Étretat, station balnéaire à la mode où se pressent artistes-peintres et élégantes parisiennes. En 1868, il entre au lycée de Rouen, et fait la connaissance de Louis Bouilhet, ami intime de Flaubert. C'est ainsi qu'il rencontre ce dernier, dont il admire déjà les œuvres. En 1870, alors qu'il part faire ses études de droit à Paris, la guerre éclate et il est mobilisé.

Il n'a qu'une envie : canoter sur la Seine.

À Paris, en quête de gloire

Démobilisé en 1871, Maupassant travaille dans différents ministères (ministère de la Marine puis ministère de l'Instruction publique). Il n'éprouve aucun intérêt pour le métier de « rond-de-cuir », expression qui désigne au XIXe siècle les employés de bureau. Il n'a qu'une envie : aller canoter sur la Seine. Celui qui se présente comme « canotier ès-eaux de Bezons et lieux circonvoisins » attend les dimanches avec impatience ! Il fréquente dans les auberges des peintres impressionnistes et des jeunes femmes aux mœurs légères, celles que l'on nomme alors des « cocottes ».

Jean Renoir, réalisateur du film *Partie de campagne* (1936), raconte les rencontres entre son père, célèbre peintre impressionniste, et Maupassant :

« Les deux hommes sympathisaient mais admettaient qu'ils n'avaient rien en commun. Renoir disait de l'écrivain : "Il voit tout en noir !" Et ce dernier disait du peintre : "Il voit tout en rose !" Ils s'accordaient sur un point : "Maupassant est fou !" disait Renoir. "Renoir est fou" disait Maupassant. » (Jean Renoir, *Renoir*, Hachette, 1962, p. 203.)

Maupassant trouve pourtant encore le temps d'écrire : c'est en 1875 qu'est publié son premier conte fantastique, « La Main d'écorché ». Il fréquente assidûment les milieux littéraires : fidèle à Flaubert, qui le conseille, il se rend régulièrement à Croisset, où habite l'écrivain ; il assiste aussi aux jeudis de Mallarmé, le grand poète symboliste ; enfin, il fait partie du groupe naturaliste que réunit Zola à Médan, dans sa propriété des Yvelines. Ce groupe publie le 17 avril 1880 un recueil collectif, *Les Soirées de Médan* : la nouvelle de Maupassant, « Boule de Suif », connaît un succès considérable, qui fait du disciple un auteur à part entière. Quasiment en même temps, Maupassant apprend la mort de Flaubert par un télégramme : « Chef barrage à Bezons Seine-et-Oise, Prière prévenir M. de Maupassant chez Poulain aubergiste que Gustave Flaubert est mort aujourd'hui subitement à Croisset. »

Grandeur et misère

Fort du succès de « Boule de Suif », Maupassant se libère de ses tâches administratives et collabore à plusieurs revues. Il publie pour la première fois « Une Partie de campagne » en 1881, dans la revue *La Vie moderne*, avant de reprendre la nouvelle dans un recueil, *La Maison Tellier*. Outre de très nombreuses nouvelles (dix-huit recueils sont publiés de son vivant), il écrit plusieurs romans (*Une vie*, *Bel-Ami*...), des chroniques et des récits de voyages (*Au soleil*). Malheureusement, Maupassant perd son frère, qui meurt dans un hôpital psychiatrique en 1889 ; lui-même a contracté la syphilis en 1877 et les troubles, violentes migraines et hallucinations angoissantes, sont de plus en plus graves. Le 1er janvier 1892, il tente de se suicider : il est alors interné à la clinique du docteur Blanche, où il meurt le 6 juillet 1893. C'est Zola qui prononce son éloge funèbre. ■

Maupassant publie pour la première fois « Une Partie de campagne » en 1881, dans la revue La Vie moderne.

GIL BLAS
ILLUSTRÉ, HEBDOMADAIRE
UNE PARTIE DE CAMPAGNE, par Guy de Maupassant

La nouvelle reparaît dans une revue en 1892.

Les débuts de la Troisième République

La fin du Second Empire

Napoléon III règne depuis le 2 décembre 1852, date du coup d'État qui a mis fin à la Deuxième République. Ce régime autoritaire recourt à la censure, contrôle la presse et les théâtres, poursuit en justice des artistes comme Baudelaire (*Les Fleurs du mal*, 1857) ou Flaubert (*Madame Bovary*, 1857). Le Second Empire est par ailleurs l'âge d'or de l'industrialisation, marquée par le développement des chemins de fer et les progrès de la métallurgie. Parallèlement, les villes s'agrandissent. Paris fait l'objet de grands travaux, orchestrés par le baron Haussmann, qui perce de larges et majestueux boulevards dans la capitale. Ce régime controversé est renversé lorsque la Prusse envahit la France en 1870.

Les villes s'agrandissent. Paris fait l'objet de grands travaux.

Les débuts troublés de la Troisième République

Le pays connaît alors une période des plus chaotiques avec notamment la Commune de Paris (18 mars-29 mai 1871), insurrection révolutionnaire qui s'achève dans le sang. Thiers, chef du pouvoir exécutif, a la charge de signer le traité de paix avec la Prusse et organise la reconstruction. Il prend des mesures pour assurer une meilleure protection du pays et fait en particulier construire le « nouveau fort de Cormeilles », au nord-ouest de Paris. En 1873, il est remplacé par le général Mac-Mahon, qui veut favoriser la restauration de la monarchie, avec l'appui de l'Église. Sa tentative échoue et la constitution de la Troisième République est finalement votée en 1875. Dès lors, le régime républicain tend à s'affermir. À partir de 1879, au moment où Maupassant

1850	
	Naissance de Maupassant
1852	Second Empire Napoléon III
1857	Flaubert, *Madame Bovary*
1869	Flaubert, *L'Éducation sentimentale*
1870	Entrée dans l'Intendance de l'armée à Rouen
1870	Septembre : Défaite de Sedan. IIIe République
1875	Rencontre avec Zola
1877	Zola, *L'Assommoir*
1880	*Les Soirées de Médan* – « Boule de suif »
1880	Mort de Gustave Flaubert

écrit « Une Partie de campagne », se succèdent au pouvoir Jules Ferry et Léon Gambetta, qui mettent en place les grandes orientations politiques du régime et sont à l'origine des lois anticléricales (en particulier les lois sur l'enseignement qui bâtissent une école laïque). Si Maupassant ne se fait pas l'écho de cet état d'esprit dans « Une Partie de campagne », Jean Renoir, en adaptant la nouvelle au cinéma y fera allusion : il filmera ainsi un groupe de séminaristes jetant un « long regard » vers les balançoires…

En route vers la « Belle Époque »

Paris se transforme très vite entre la guerre de 1870 et la Première Guerre mondiale : la population augmente *intra muros* et plus encore en banlieue, les rues s'éclairent et seront bientôt parcourues par les « autobus à impériale » !… La bourgeoisie, qui se reconnaît dans le nouveau régime, se presse dans les théâtres des grands boulevards, approuve le bon goût des tableaux exposés au Salon de Paris, accourt sur le Champ de Mars pour assister à l'exposition universelle en 1878, et prend le train pour aller canoter sur les bords de Seine, le dimanche. Les Dufour, quincaillers de la rue des Martyrs, appartiennent à la petite bourgeoisie : ils n'ont pas d'activité manuelle – il n'y a qu'à voir M. Dufour faire de la gymnastique pour comprendre qu'il n'a pas un métier physique ! –, ils s'offrent des loisirs, mais, malgré tout, leurs horaires de travail les rapprochent davantage des prolétaires que de la moyenne et grande bourgeoisie : cela faisait cinq mois qu'ils attendaient leur « partie de campagne » ! ■

Les Dufour, quincaillers, appartiennent à la petite bourgeoisie.

1881	« Une Partie de campagne »	
1885	*Bel-Ami*	Mort de Victor Hugo
1887	*Le Horla*	
1889	Mort de son frère devenu fou	Édification de la tour Eiffel
1892	Internement en maison de santé	
1893	Mort de Maupassant	

Écrire une nouvelle naturaliste en 1881

Le naturalisme en 1881

En 1881, quand Maupassant écrit « Une Partie de campagne », le naturalisme a un chef de file, Émile Zola, des principes, précisés dans *Le Roman expérimental* (1880), une histoire, scandée de coups de tonnerre, comme la publication de *Germinie Lacerteux* des frères Goncourt (1865), qui marque l'entrée en littérature des « couches sociales les plus basses », ou encore celle de *Thérèse Raquin* de Zola (1867), roman dans lequel il met en œuvre la théorie des tempéraments. Le naturalisme en 1881 est un mouvement qui « prétend nous donner une image exacte de la vie », « nous forcer à penser, à comprendre le sens profond et caché des événements » (Maupassant, préface de *Pierre et Jean*, 1888). Dans cette perspective, le romancier naturaliste observe le réel et tâche d'en rendre compte. L'évolution de la société l'invite à observer toutes les classes sociales et lorsque Maupassant peint les bords de Seine, il représente un milieu hétérogène dans lequel se croisent des boutiquiers comme les Dufour, des fils de sénateurs ou des femmes aux mœurs légères (« La femme de Paul »). Le romancier naturaliste ne détourne pas pudiquement la tête devant les corps et Maupassant jette au contraire un regard appuyé sur les formes de Mlle Dufour sur la balançoire. Le romancier naturaliste multiplie les effets de réel, recourant volontiers aux noms propres pour situer ses intrigues dans des lieux réels (Bezons est un lieu réel !), aux descriptions détaillées ou encore au discours direct.

Un mouvement qui « prétend nous donner une image exacte de la vie ».

Un tempérament, celui de Maupassant

Ce n'est pas parce que Maupassant a été l'élève de Flaubert ou qu'il assiste aux soirées de Médan organisées par Zola, qu'il envisage de copier ses maîtres. Il imprime en effet à ses textes son tempérament, il livre sa « vision personnelle du monde » comme il le dit dans la préface de *Pierre et Jean*, vision souvent pessimiste, notamment dans « Une Partie de campagne ». En effet, on a le sentiment que le malheur de la fille des Dufour est inévitable : elle s'appelle Henriette et son canotier s'appelle Henri – signe du destin ? – et elle est comme aspirée vers le désenchantement, privée de volonté,

« prise d'un renoncement de pensée ». Le regard de Maupassant est également perceptible dans l'ironie dont fait preuve le narrateur. Ainsi, la naïveté de la jeune fille, dont l'éducation se limite à la lecture de quelques romans d'amour, est moquée dans un alexandrin blanc : « Elle écoutait l'oiseau, perdue dans une extase »...

« Une petite histoire » où « il y a tout » (Jean Renoir)

En 1881, Maupassant est avant tout un nouvelliste. Il publie ses courts récits dans des journaux, profitant du formidable essor de la presse au XIXe siècle, avant de les réunir dans des recueils. La brièveté de la nouvelle permet à Maupassant de concentrer son récit sur un instant précis, celui où naissent « des désespérances et des déchirements », selon l'expression de Louis Forestier, spécialiste de l'œuvre de Maupassant. On y trouve les traits caractéristiques de l'énergie de l'écriture de Maupassant dans ses nouvelles : effets d'accélération (comme le récit du retour à Bezons, puis à Paris après l'étreinte) et ellipses (qui nous projettent après la « Partie de campagne » sur les mois et les années qui suivent). ■

La brièveté de la nouvelle permet à Maupassant de concentrer son récit sur un instant précis, celui où naissent « des désespérances et des déchirements ».

Peindre « sur le motif » en 1880

Lorsqu'il va canoter sur les bords de Seine, Maupassant croise des peintres impressionnistes, dont les méthodes nouvelles choquent les spectateurs et qui attirent, tout comme les écrivains naturalistes, les foudres du pouvoir…

Le Salon des Refusés : contre la peinture académique

Les artistes reconnus et appréciés sous le Second Empire fondent leurs œuvres sur les principes défendus et enseignés par l'Académie : ils peignent en atelier des tableaux à la composition géométrique, aux traits nets, aux couleurs ternes, représentant des scènes mythologiques ou historiques. Ces œuvres sont exposées chaque année au Salon de Paris. Pourtant, certains jeunes artistes commencent à contester ces principes : ils brûlent de peindre le monde qui les entoure. En 1863, le jury du Salon refuse *Le Déjeuner sur l'herbe* de Manet : on s'offusque de ce que le peintre a osé représenter un nu dans un cadre contemporain ! Une déesse nue, aux formes parfaites, oui ! Une courtisane aux formes avantageuses, parmi des bourgeois parisiens, non ! Manet et quelques autres exposent alors au Salon des Refusés, qui connaît un succès certain. On y va pour se moquer, le plus souvent, mais on y va !

On s'offusque de ce que le peintre a osé représenter un nu dans un cadre contemporain !

« Je peins ce que je vois » (Manet)

Les jeunes artistes exposés au Salon des Refusés, parmi lesquels Claude Monet et Pierre-Auguste Renoir, partagent un certain nombre de convictions. Ils accordent une importance toute particulière à la vision, ce qui implique la relativité de l'œuvre : relativité des conditions dans lesquelles le sujet est saisi (ainsi Monet peint la cathédrale de Rouen aux différentes heures du jour), relativité du regard que l'on porte sur lui (Renoir et Monet par exemple décident de peindre en même temps La Grenouillère, guinguette des bords de Seine). C'est ce principe qui pousse les artistes, armés de tubes de peinture souple – invention révolutionnaire ! – hors de leurs ateliers. C'est aussi au nom de ce principe que les artistes changent de technique : s'ils doivent saisir ce qui est éphémère et fluctuant comme la lumière, alors ils ne peuvent s'attarder sur chaque détail mais doivent donner une impression générale, procéder par taches de couleur… Désormais, il ne s'agit plus de se lancer dans la quête d'un idéal, de représenter la nature éternelle des choses : l'instable se substitue au stable, l'éphémère au permanent.

Reflets et nuances

Ces tableaux peints « sur le motif » (c'est-à-dire en copiant la réalité que l'on a sous les yeux) passent auprès du public pour des ébauches, des œuvres inachevées : c'est la fin du « travail bien fait »… Plus grave, on assimile volontiers l'indétermination des couleurs à une indétermination morale ! Le goût des nuances, le jeu sur les reflets suggèrent une absence de principes. L'avènement de la Troisième République donne espoir à ces peintres : finies les contraintes de l'Empire, ils seront désormais reconnus ! Il n'en est rien… Le public reste frileux vis-à-vis de tout ce qui pourrait apparaître comme révolutionnaire. En avril 1874, ces artistes qui réclament une peinture nouvelle exposent leurs œuvres chez le photographe Nadar. L'une des toiles exposées est *Impression, soleil levant* de Claude Monet (voir cahier central, planche IV). Cette toile, qui cristallise les moqueries, est celle qui donne son nom au mouvement.

« Une Partie de campagne » et l'impressionnisme

Les naturalistes et les impressionnistes ont un même objet : un regard sur le réel, quel qu'il soit. Zola est d'ailleurs le premier défenseur de Manet, qui fera son portrait et représentera aussi certains des personnages des *Rougon-Macquart*. De plus, ils se fréquentent : Maupassant ne peut pas ignorer les peintures de Monet ou de Renoir qui peignent les lieux mêmes sur lesquels il canote. Les jeux de lumière sur la rivière décrits dans « Une Partie de campagne » (« La rivière éclatait de lumière, une buée s'en élevait, pompée par le soleil ») évoquent bien évidemment pour nous des tableaux impressionnistes aux couleurs chatoyantes et aux contours flous. Mais cette nouvelle a un statut particulier dans le dialogue entre naturalistes et impressionnistes : en effet, elle a été adaptée au cinéma, par Jean Renoir, le fils du peintre Pierre-Auguste Renoir, qui situe l'histoire en 1860, à la grande époque de l'impressionnisme.

Les jeux de lumière sur la rivière décrits dans « Une Partie de campagne » évoquent des tableaux impressionnistes.

Le réalisateur reconnaît qu'il existe des échos entre sa lecture de la nouvelle et les tableaux de son père :

« Si certains paysages et certains costumes peuvent rappeler des tableaux de mon père, c'est pour deux raisons : d'abord parce que cela se passe à une époque et dans des lieux où mon père a beaucoup travaillé, à l'époque de sa jeunesse ; ensuite parce que je suis le fils de mon père, et qu'on est forcément influencé par ses parents. »

La scène des balançoires (voir p. 17-18) semble ainsi directement inspirée d'un tableau de Renoir et les images récurrentes de la rivière, bien qu'en noir et blanc, font figure de tableaux impressionnistes. ■

Auguste Renoir, *Le Déjeuner des rameurs*, 1879.

Je ne connais aucun autre écrivain qui donne au même point que Maupassant le sentiment que la littérature est une chose aisée, qui va de soi.
Jean Paulhan

Lire…

Une Partie de campagne

texte intégral

1881
Guy de Maupassant

On avait projeté depuis cinq mois d'aller déjeuner aux environs de Paris, le jour de la fête de Mme Dufour, qui s'appelait Pétronille. Aussi, comme on avait attendu cette partie[1] impatiemment, s'était-on levé de fort bonne heure ce matin-là.

M. Dufour, ayant emprunté la voiture du laitier, conduisait lui-même. La carriole[2] à deux roues était fort propre ; elle avait un toit supporté par quatre montants de fer où s'attachaient des rideaux qu'on avait relevés pour voir le paysage. Celui de derrière, seul, flottait au vent comme un drapeau. La femme, à côté de son époux, s'épanouissait dans une robe de soie cerise extraordinaire. Ensuite, sur deux chaises, se tenaient une vieille grand-mère et une jeune fille. On apercevait encore la chevelure jaune d'un garçon qui, faute de siège, s'était étendu tout au fond, et dont la tête seule apparaissait.

Après avoir suivi l'avenue des Champs-Élysées et franchi les fortifications à la porte Maillot, on s'était mis à regarder la contrée.

En arrivant au pont de Neuilly, M. Dufour avait dit : « Voici la campagne enfin ! » et sa femme, à ce signal, s'était attendrie sur la nature.

Au rond-point de Courbevoie, une admiration les avait saisis devant l'éloignement des horizons. À droite, là-bas, c'était Argenteuil, dont le clocher se dressait ; au-dessus apparaissaient les buttes de Sannois et le Moulin d'Orgemont. À gauche, l'aqueduc de Marly se dessinait sur le ciel clair du matin, et l'on apercevait aussi, de loin, la terrasse de Saint-Germain ; tandis qu'en face, au bout d'une chaîne de collines, des terres remuées indiquaient le nouveau fort de Cormeilles. Tout au fond, dans un reculement

Sainte Pétronille

La Sainte Pétronille était fêtée le 31 mai, au printemps donc, ce qui explique le beau temps. Cette sainte était une pudique jeune fille ayant fait vœu de vertu et qui se sacrifia le jour où un prétendant la demanda en mariage... On comprend à la lecture de la nouvelle ce que ce prénom peut avoir d'ironique ! ■

1. Projet de divertissement.
2. Dufour a tenté de métamorphoser la carriole en calèche grâce à un jeu habile de rideaux...

formidable, par-dessus des plaines et des villages, on entrevoyait une sombre verdure de forêts.

Le soleil commençait à brûler les visages ; la poussière emplissait les yeux continuellement et, des deux côtés de la route, se développait une campagne interminablement nue, sale et puante. On eût dit qu'une lèpre l'avait ravagée, qui rongeait jusqu'aux maisons, car des squelettes de bâtiments défoncés et abandonnés, ou bien des petites cabanes inachevées faute de paiement aux entrepreneurs, tendaient leurs quatre murs sans toit.

De loin en loin, poussaient dans le sol stérile de longues cheminées de fabriques, seule végétation de ces champs putrides[3] où la brise du printemps promenait un parfum de pétrole et de schiste[4] mêlé à une autre odeur moins agréable encore.

Enfin, on avait traversé la Seine une seconde fois, et, sur le pont, ç'avait été un ravissement. La rivière éclatait de lumière ; une buée s'en élevait, pompée par le soleil, et l'on éprouvait une quiétude[5] douce, un rafraîchissement bienfaisant à respirer enfin un air plus pur qui n'avait point balayé la fumée noire des usines ou les miasmes[6] des dépotoirs.

Un homme qui passait avait nommé le pays : Bezons.

La voiture s'arrêta, et M. Dufour se mit à lire l'enseigne engageante d'une gargote[7] : « *Restaurant Poulin, matelotes*[8] *et fritures, cabinets de société, bosquets et balançoires.* Eh bien, madame Dufour, cela te va-t-il ? Te décideras-tu à la fin ? »

La femme lut à son tour : *Restaurant Poulin, matelotes et fritures, cabinets de société, bosquets et balançoires.* Puis elle regarda la maison longuement.

Le fort de Cormeilles

Après la défaite de 1870, le gouvernement Thiers décide de protéger Paris grâce à une ceinture de quarante-trois ouvrages de fortification. Le fort de Cormeille est considéré comme prioritaire car les Prussiens s'étaient servis de la Butte de Parisis comme observatoire et position d'artillerie. Cette référence permet de situer la nouvelle en 1880. ■

3. En train de pourrir.
4. Roche à la structure feuilletée.
5. Calme.
6. Gaz émanant de substances en décomposition.
7. Restaurant bon marché.
8. Plats de poissons cuits dans du vin.

C'était une auberge de campagne, blanche, plantée au bord de la route. Elle montrait, par la porte ouverte, le zinc brillant du comptoir devant lequel se tenaient deux ouvriers endimanchés.

À la fin, Mme Dufour se décida : « Oui, c'est bien, dit-elle ; et puis il y a de la vue. » La voiture entra dans un vaste terrain planté de grands arbres qui s'étendait derrière l'auberge et qui n'était séparé de la Seine que par le chemin de halage[1].

Alors on descendit. Le mari sauta le premier puis ouvrit les bras pour recevoir sa femme. Le marchepied, tenu par deux branches de fer, était très loin, de sorte que, pour l'atteindre, Mme Dufour dut laisser voir le bas d'une jambe dont la finesse primitive disparaissait à présent sous un envahissement de graisse tombant des cuisses.

M. Dufour, que la campagne émoustillait déjà, lui pinça vivement le mollet, puis, la prenant sous les bras, la déposa lourdement à terre, comme un énorme paquet.

Elle tapa avec la main sa robe de soie pour en faire tomber la poussière, puis regarda l'endroit où elle se trouvait.

C'était une femme de trente-six ans environ, forte en chair, épanouie et réjouissante à voir. Elle respirait avec peine, étranglée violemment par l'étreinte de son corset trop serré ; et la pression de cette machine rejetait jusque dans son double menton la masse fluctuante de sa poitrine surabondante.

La jeune fille ensuite, posant la main sur l'épaule de son père, sauta légèrement toute seule. Le garçon aux cheveux jaunes était descendu en mettant un pied sur la roue, et il aida M. Dufour à décharger la grand-mère.

1. Chemin qui longe la rivière et le long duquel on peut remorquer un bateau.

Alors on détela le cheval, qui fut attaché à un arbre ; et la voiture tomba sur le nez, les deux brancards à terre. Les hommes, ayant retiré leurs redingotes, se lavèrent les mains dans un seau d'eau, puis rejoignirent leurs dames installées déjà sur les escarpolettes[2].

Mlle Dufour essayait de se balancer debout, toute seule, sans parvenir à se donner un élan suffisant. C'était une belle fille de dix-huit à vingt ans ; une de ces femmes dont la rencontre dans la rue vous fouette d'un désir subit, et vous laisse jusqu'à la nuit une inquiétude vague et un soulèvement des sens. Grande, mince de taille et large des hanches, elle avait la peau très brune, les yeux très grands, les cheveux très noirs. Sa robe dessinait nettement les plénitudes fermes de sa chair qu'accentuaient encore les efforts des reins qu'elle faisait pour s'enlever. Ses bras tendus tenaient les cordes au-dessus de sa tête, de sorte que sa poitrine se dressait, sans une secousse, à chaque impulsion qu'elle donnait. Son chapeau, emporté par un coup de vent, était tombé derrière elle ; et l'escarpolette peu à peu se lançait, montrant à chaque retour ses jambes fines jusqu'au genou, et jetant à la figure des deux hommes qui la regardaient en riant, l'air de ses jupes, plus capiteux que les vapeurs du vin.

Assise sur l'autre balançoire, Mme Dufour gémissait d'une façon monotone et continue : « Cyprien, viens me pousser ; viens donc me pousser, Cyprien ! » À la fin, il y alla et, ayant retroussé les manches de sa chemise, comme avant d'entreprendre un travail, il mit sa femme en mouvement avec une peine infinie.

Cramponnée aux cordes, elle tenait ses jambes droites, pour ne point rencontrer le sol, et elle jouissait d'être

2. Balançoires.

étourdie par le va-et-vient de la machine. Ses formes, secouées, tremblotaient continuellement comme de la gelée sur un plat. Mais, comme les élans grandissaient, elle fut prise de vertige et de peur. À chaque descente, elle poussait un cri perçant qui faisait accourir tous les gamins du pays ; et, là-bas, devant elle, au-dessus de la haie du jardin, elle apercevait vaguement une garniture de têtes polissonnes que des rires faisaient grimacer diversement.

Une servante étant venue, on commanda le déjeuner.

« Une friture de Seine[1], un lapin sauté, une salade et du dessert », articula Mme Dufour, d'un air important. « Vous apporterez deux litres[2] et une bouteille de bordeaux », dit son mari. « Nous dînerons sur l'herbe », ajouta la jeune fille.

La grand-mère, prise de tendresse à la vue du chat de la maison, le poursuivait depuis dix minutes en lui prodiguant inutilement les plus douces appellations. L'animal, intérieurement flatté sans doute de cette attention, se tenait toujours tout près de la main de la bonne femme, sans se laisser atteindre cependant, et faisait tranquillement le tour des arbres, contre lesquels il se frottait, la queue dressée, avec un petit ronron de plaisir.

« Tiens ! cria tout à coup le jeune homme aux cheveux jaunes qui furetait dans le terrain, en voilà des bateaux qui sont chouettes ! » On alla voir. Sous un petit hangar en bois étaient suspendues deux superbes yoles de canotiers, fines et travaillées comme des meubles de luxe. Elles reposaient côte à côte, pareilles à deux grandes filles minces, en leur longueur étroite et reluisante, et donnaient envie de filer sur l'eau par les belles soirées douces ou les claires matinées d'été, de raser les berges fleuries où des arbres

De « chouettes » bateaux

Les yoles sont de petits bateaux fins et longs que l'on manœuvre à la rame. Maupassant exprime son amour pour le canotage dans cette évocation féminisée des bateaux. Dans d'autres nouvelles, il donne aux yoles des noms de femmes. ■

1. Une friture de poissons pêchés dans la Seine.
2. Pichets de vin ordinaire.

entiers trempent leurs branches dans l'eau, où tremblote l'éternel frisson des roseaux et d'où s'envolent, comme des éclairs bleus, de rapides martins-pêcheurs.

Toute la famille, avec respect, les contemplait. « Oh ! ça oui, c'est chouette », répéta gravement M. Dufour. Et il les détaillait en connaisseur. Il avait canoté, lui aussi, dans son jeune temps, disait-il ; voire même qu'avec ça dans la main – et il faisait le geste de tirer sur les avirons – il se fichait de tout le monde. Il avait rossé en course plus d'un Anglais jadis, à Joinville[3] ; et il plaisanta sur le mot « *dames* », dont on désigne les deux montants qui retiennent les avirons, disant que les canotiers, et pour cause, ne sortaient jamais sans leurs *dames*. Il s'échauffait en pérorant[4] et proposait obstinément de parier qu'avec un bateau comme ça, il ferait six lieues à l'heure sans se presser.

« C'est prêt », dit la servante qui apparut à l'entrée. On se précipita ; mais voilà qu'à la meilleure place, qu'en son esprit Mme Dufour avait choisie pour s'installer, deux jeunes gens déjeunaient déjà. C'étaient les propriétaires des yoles, sans doute, car ils portaient le costume des canotiers[5].

Ils étaient étendus sur des chaises, presque couchés. Ils avaient la face noircie par le soleil et la poitrine couverte seulement d'un mince maillot de coton blanc qui laissait passer leurs bras nus, robustes comme ceux des forgerons. C'étaient deux solides gaillards, posant beaucoup pour la vigueur, mais qui montraient en tous leurs mouvements cette grâce élastique des membres qu'on acquiert par l'exercice, si différente de la déformation qu'imprime à l'ouvrier l'effort pénible, toujours le même.

Naissance du sport

C'est d'Angleterre que vient la mode du sport qui touche la France à la fin du XIXe siècle. Elle va de pair avec le désir d'avoir une meilleure hygiène de vie. Le modèle de l'Anglais au corps musculeux succède à celui du dandy lymphatique et efféminé ! ■

3. Ville située sur la Marne, en amont de Paris.
4. Parlant avec une emphase et une prétention un peu ridicules.
5. Voir *Argenteuil* de Manet (cahier couleur, p. V), ou *Le Déjeuner des canotiers* de Renoir (p. 67).

Ils échangèrent rapidement un sourire en voyant la mère, puis un regard en apercevant la fille. « Donnons notre place, dit l'un, ça nous fera faire connaissance. » L'autre aussitôt se leva et, tenant à la main sa toque[1] mi-partie[2] rouge et mi-partie noire, il offrit chevaleresquement de céder aux dames le seul endroit du jardin où ne tombât point le soleil. On accepta en se confondant en excuses ; et pour que ce fût plus champêtre, la famille s'installa sur l'herbe sans table ni sièges.

Les deux jeunes gens portèrent leur couvert quelques pas plus loin et se remirent à manger. Leurs bras nus, qu'ils montraient sans cesse, gênaient un peu la jeune fille. Elle affectait même de tourner la tête et de ne point les remarquer, tandis que Mme Dufour, plus hardie, sollicitée par une curiosité féminine qui était peut-être du désir, les regardait à tout moment, les comparant sans doute avec regret aux laideurs secrètes de son mari.

Elle s'était éboulée sur l'herbe, les jambes pliées à la façon des tailleurs, et elle se trémoussait continuellement, sous prétexte que des fourmis lui étaient entrées quelque part. M. Dufour, rendu maussade par la présence et l'amabilité des étrangers, cherchait une position commode qu'il ne trouva pas du reste, et le jeune homme aux cheveux jaunes mangeait silencieusement comme un ogre.

« Un bien beau temps, monsieur », dit la grosse dame à l'un des canotiers. Elle voulait être aimable à cause de la place qu'ils avaient cédée. « Oui, madame, répondit-il ; venez-vous souvent à la campagne ?

– Oh ! une fois ou deux par an seulement, pour prendre l'air ; et vous, monsieur ?

– J'y viens coucher tous les soirs.

1. Chapeau cylindrique, sans bord.
2. Terme de blason désignant un objet divisé en deux moitiés égales mais différentes.

– Ah ! ça doit être bien agréable ?

– Oui, certainement, madame. »

Et il raconta sa vie de chaque jour, poétiquement, de façon à faire vibrer dans le cœur de ces bourgeois privés d'herbe et affamés de promenades aux champs cet amour bête de la nature qui les hante toute l'année derrière le comptoir de leur boutique.

La jeune fille, émue, leva les yeux et regarda le canotier. M. Dufour parla pour la première fois. « Ça, c'est une vie », dit-il. Il ajouta : « Encore un peu de lapin, ma bonne ? – Non, merci, mon ami. »

Elle se tourna de nouveau vers les jeunes gens et, montrant leurs bras : « Vous n'avez jamais froid comme ça ? » dit-elle.

Ils se mirent à rire tous les deux, et ils épouvantèrent la famille par le récit de leurs fatigues prodigieuses, de leurs bains pris en sueur, de leurs courses dans le brouillard des nuits ; et ils tapèrent violemment sur leur poitrine pour montrer quel son ça rendait. « Oh ! vous avez l'air solides », dit le mari qui ne parlait plus du temps où il rossait les Anglais.

La jeune fille les examinait de côté maintenant ; et le garçon aux cheveux jaunes, ayant bu de travers, toussa éperdument, arrosant la robe en soie cerise de la patronne qui se fâcha et fit apporter de l'eau pour laver les taches.

Cependant, la température devenait terrible. Le fleuve étincelant semblait un foyer de chaleur, et les fumées du vin troublaient les têtes.

M. Dufour, que secouait un hoquet violent, avait déboutonné son gilet et le haut de son pantalon ; tandis que sa femme, prise de suffocations, dégrafait sa robe peu

Dimanches parisiens

Maupassant raconte à de multiples reprises les sorties dominicales des Parisiens, en particulier dans *Les Dimanches d'un bourgeois de Paris*. Mais il s'agit d'un thème récurrent chez les auteurs naturalistes : dans *Au Bonheur des Dames* de Zola, Denise se rend dans une guinguette des bords de Marne ; dans le roman des frères Goncourt, *Germinie Lacerteux*, l'héroïne visite la campagne des environs de Paris. ■

à peu. L'apprenti balançait d'un air gai sa tignasse de lin et se versait à boire coup sur coup. La grand-mère, se sentant grise[1], se tenait fort raide et fort digne. Quant à la jeune fille, elle ne laissait rien paraître ; son œil seul s'allumait vaguement, et sa peau très brune se colorait aux joues d'une teinte plus rose.

Le café les acheva. On parla de chanter et chacun dit son couplet, que les autres applaudirent avec frénésie. Puis on se leva difficilement, et, pendant que les deux femmes, étourdies, respiraient, les deux hommes, tout à fait pochards[2], faisaient de la gymnastique. Lourds, flasques et la figure écarlate, ils se pendaient gauchement aux anneaux sans parvenir à s'élever ; et leurs chemises menaçaient continuellement d'évacuer leurs pantalons pour battre au vent comme des étendards[3].

Cependant, les canotiers avaient mis leurs yoles à l'eau, et ils revenaient avec politesse proposer aux dames une promenade sur la rivière.

« Monsieur Dufour, veux-tu ? je t'en prie ! » cria sa femme. Il la regarda d'un air d'ivrogne, sans comprendre. Alors un canotier s'approcha, deux lignes de pêcheur à la main. L'espérance de prendre du goujon[4], cet idéal des boutiquiers, alluma les yeux mornes du bonhomme, qui permit tout ce qu'on voulut, et s'installa à l'ombre, sous le pont, les pieds ballants au-dessus du fleuve, à côté du jeune homme aux cheveux jaunes qui s'endormit auprès de lui.

Un des canotiers se dévoua : il prit la mère. « Au petit bois de l'île aux Anglais ! » cria-t-il en s'éloignant.

L'autre yole s'en alla plus doucement. Le rameur regardait tellement sa compagne qu'il ne pensait plus à autre chose, et une émotion l'avait saisi qui paralysait sa vigueur.

1. Légèrement ivre.
2. Saouls.
3. Drapeaux.
4. Petit poisson d'eau douce que l'on peut faire frire.

La jeune fille, assise dans le fauteuil du barreur, se laissait aller à la douceur d'être sur l'eau. Elle se sentait prise d'un renoncement de pensées, d'une quiétude de ses membres, d'un abandonnement d'elle-même, comme envahie par une ivresse multiple. Elle était devenue fort rouge avec une respiration courte. Les étourdissements du vin, développés par la chaleur torrentielle qui ruisselait autour d'elle, faisaient saluer sur son passage tous les arbres de la berge. Un besoin vague de jouissance, une fermentation du sang parcouraient sa chair excitée par les ardeurs de ce jour ; et elle était aussi troublée dans ce tête-à-tête sur l'eau, au milieu de ce pays dépeuplé par l'incendie du ciel, avec ce jeune homme qui la trouvait belle, dont l'œil lui baisait la peau, et dont le désir était pénétrant comme le soleil.

Leur impuissance à parler augmentait leur émotion et ils regardaient les environs. Alors, faisant un effort, il lui demanda son nom. « Henriette, dit-elle. – Tiens ! moi je m'appelle Henri », reprit-il.

Le son de leur voix les avait calmés ; ils s'intéressèrent à la rive. L'autre yole s'était arrêtée et paraissait les attendre. Celui qui la montait cria : « Nous vous rejoindrons dans le bois ; nous allons jusqu'à Robinson, parce que Madame a soif. » Puis il se coucha sur les avirons et s'éloigna si rapidement qu'on cessa bientôt de le voir.

Cependant un grondement continu qu'on distinguait vaguement depuis quelque temps s'approchait très vite. La rivière elle-même semblait frémir comme si le bruit sourd montait de ses profondeurs.

« Qu'est-ce qu'on entend ? » demanda-t-elle. C'était la chute du barrage qui coupait le fleuve en deux à la pointe

Le rossignol

Henri, qui sait qu'au printemps les rossignols chantent de l'aube au crépuscule pour marquer leur territoire et attirer les femelles, est sans doute celui des canotiers qui a su séduire les Dufour par ses récits « poétiques »... Henriette confond les scènes de *Roméo et Juliette* : ce n'est pas à son balcon (acte II) que Juliette évoque le rossignol mais au matin de sa nuit de noces (acte III)... ■

de l'île. Lui se perdait dans une explication, lorsque, à travers le fracas de la cascade, un chant d'oiseau qui semblait très lointain les frappa. « Tiens, dit-il, les rossignols chantent dans le jour : c'est donc que les femelles couvent. »

Un rossignol ! Elle n'en avait jamais entendu, et l'idée d'en écouter un fit se lever dans son cœur la vision des poétiques tendresses. Un rossignol ! c'est-à-dire l'invisible témoin des rendez-vous d'amour qu'invoquait Juliette sur son balcon : cette musique du ciel accordée aux baisers des hommes ; cet éternel inspirateur de toutes les romances langoureuses qui ouvrent un idéal bleu aux pauvres petits cœurs des fillettes attendries !

Elle allait donc entendre un rossignol.

« Ne faisons pas de bruit, dit son compagnon, nous pourrons descendre dans le bois et nous asseoir tout près de lui. »

La yole semblait glisser. Des arbres se montrèrent sur l'île, dont la berge était si basse que les yeux plongeaient dans l'épaisseur des fourrés. On s'arrêta ; le bateau fut attaché ; et, Henriette s'appuyant sur le bras de Henri, ils s'avancèrent entre les branches. « Courbez-vous », dit-il. Elle se courba, et ils pénétrèrent dans un inextricable fouillis de lianes, de feuilles et de roseaux, dans un asile introuvable qu'il fallait connaître et que le jeune homme appelait en riant « son cabinet particulier ».

Juste au-dessus de leur tête, perché dans un des arbres qui les abritaient, l'oiseau s'égosillait toujours. Il lançait des trilles[1] et des roulades, puis filait de grands sons vibrants qui emplissaient l'air et semblaient se perdre à l'horizon, se déroulant le long du fleuve et s'envolant

1. Alternances rapides et continues de deux notes voisines.

au-dessus des plaines, à travers le silence de feu qui appesantissait la campagne.

Ils ne parlaient pas de peur de le faire fuir. Ils étaient assis l'un près de l'autre, et, lentement, le bras de Henri fit le tour de la taille de Henriette et l'enserra d'une pression douce. Elle prit, sans colère, cette main audacieuse, et elle l'éloignait sans cesse à mesure qu'il la rapprochait, n'éprouvant du reste aucun embarras de cette caresse, comme si c'eût été une chose toute naturelle qu'elle repoussait aussi naturellement.

Elle écoutait l'oiseau, perdue dans une extase. Elle avait des désirs infinis de bonheur, des tendresses brusques qui la traversaient, des révélations de poésies surhumaines, et un tel amollissement des nerfs et du cœur, qu'elle pleurait sans savoir pourquoi. Le jeune homme la serrait contre lui maintenant ; elle ne le repoussait plus, n'y pensant plus.

Le rossignol se tut soudain. Une voix éloignée cria : « Henriette !

– Ne répondez point, dit-il tout bas, vous feriez envoler l'oiseau. »

Elle ne songeait guère non plus à répondre.

Ils restèrent quelque temps ainsi. Mme Dufour était assise quelque part, car on entendait vaguement, de temps en temps, les petits cris de la grosse dame que lutinait[2] sans doute l'autre canotier.

La jeune fille pleurait toujours, pénétrée de sensations très douces, la peau chaude et piquée partout de chatouillements inconnus. La tête de Henri était sur son épaule ; et, brusquement, il la baisa sur les lèvres. Elle eut une révolte furieuse et, pour l'éviter, se rejeta sur le dos.

2. Caressait comme pour plaisanter.

Mais il s'abattit sur elle, la couvrant de tout son corps. Il poursuivit longtemps cette bouche qui le fuyait, puis, la joignant, y attacha la sienne. Alors, affolée par un désir formidable, elle lui rendit son baiser en l'étreignant sur sa poitrine, et toute sa résistance tomba comme écrasée par un poids trop lourd.

Tout était calme aux environs. L'oiseau se mit à chanter. Il jeta d'abord trois notes pénétrantes, qui semblaient un appel d'amour, puis, après un silence d'un moment, il commença d'une voix affaiblie des modulations très lentes.

Une brise molle glissa, soulevant un murmure de feuilles, et dans la profondeur des branches passaient deux soupirs ardents qui se mêlaient au chant du rossignol et au souffle léger du bois.

Une ivresse envahissait l'oiseau et sa voix, s'accélérant peu à peu comme un incendie qui s'allume ou une passion qui grandit, semblait accompagner sous l'arbre un crépitement de baisers. Puis le délire de son gosier se déchaînait éperdument. Il avait des pâmoisons prolongées sur un trait, de grands spasmes mélodieux.

Quelquefois il se reposait un peu, filant seulement deux ou trois sons légers qu'il terminait soudain par une note suraiguë. Ou bien il partait d'une course affolée, avec des jaillissements de gammes, des frémissements, des saccades, comme un chant d'amour furieux, suivi par des cris de triomphe.

Mais il se tut, écoutant sous lui un gémissement tellement profond qu'on l'eût pris pour l'adieu d'une âme. Le bruit s'en prolongea quelque temps et s'acheva dans un sanglot.

Le plaisir de l'évocation

La censure est encore forte en 1880 : on ne peut parler librement de sexe dans un roman ou une nouvelle. Et si certains auteurs choisissent des moyens détournés d'en parler, c'est souvent pour le plaisir du tour de force littéraire (voir pause lecture 3, p. 46) ! ■

Ils étaient bien pâles, tous les deux, en quittant leur lit de verdure. Le ciel bleu leur paraissait obscurci ; l'ardent soleil était éteint pour leurs yeux ; ils s'apercevaient de la solitude et du silence. Ils marchaient rapidement l'un près de l'autre, sans se parler, sans se toucher, car ils semblaient devenus ennemis irréconciliables, comme si un dégoût se fût élevé entre leurs corps, une haine entre leurs esprits.

De temps à autre, Henriette criait : « Maman ! »

Un tumulte se fit sous un buisson. Henri crut voir une jupe blanche qu'on rabattait vite sur un gros mollet ; et l'énorme dame apparut, un peu confuse et plus rouge encore, l'œil très brillant et la poitrine orageuse, trop près peut-être de son voisin. Celui-ci devait avoir vu des choses bien drôles, car sa figure était sillonnée de rires subits qui la traversaient malgré lui.

Mme Dufour prit son bras d'un air tendre, et l'on regagna les bateaux. Henri, qui marchait devant, toujours muet à côté de la jeune fille, crut distinguer tout à coup comme un gros baiser qu'on étouffait.

Enfin on revint à Bezons.

M. Dufour, dégrisé, s'impatientait. Le jeune homme aux cheveux jaunes mangeait un morceau avant de quitter l'auberge. La voiture était attelée dans la cour, et la grand-mère, déjà montée, se désolait parce qu'elle avait peur d'être prise par la nuit dans la plaine, les environs de Paris n'étant pas sûrs.

On se donna des poignées de main et la famille Dufour s'en alla. « Au revoir ! » criaient les canotiers. Un soupir et une larme leur répondirent.

La météo du cœur

Le changement de temps est ici subjectif, c'est le regard des amants qui a changé. Dans le film de Renoir, le changement est objectif et la pluie tombe sur la rivière dans un long travelling qui permet de suggérer le retour à Bezons. ■

Deux mois après, comme il passait rue des Martyrs, Henri lut sur une porte : *Dufour, quincaillier*[1]. Il entra.

La grosse dame s'arrondissait au comptoir. On se reconnut aussitôt, et, après mille politesses, il demanda des nouvelles. « Et Mlle Henriette, comment va-t-elle ?

– Très bien, merci, elle est mariée.

– Ah !… »

Une émotion l'étreignit ; il ajouta :

« Et… avec qui ?

– Mais avec le jeune homme qui nous accompagnait, vous savez bien ; c'est lui qui prend la suite.

– Oh ! parfaitement. »

Il s'en allait fort triste, sans trop savoir pourquoi, Mme Dufour le rappela.

« Et votre ami ? dit-elle timidement.

– Mais il va bien.

– Faites-lui nos compliments, n'est-ce pas ; et quand il passera, dites-lui donc de venir nous voir…

Elle rougit fort, puis ajouta : « Ça me fera bien plaisir ; dites-lui.

– Je n'y manquerai pas. Adieu !

– Non… à bientôt ! »

L'année suivante, un dimanche qu'il faisait très chaud, tous les détails de cette aventure, que Henri n'avait jamais oubliée, lui revinrent subitement, si nets et si désirables, qu'il retourna tout seul à leur chambre dans le bois.

Il fut stupéfait en entrant. Elle était là, assise sur l'herbe, l'air triste, tandis qu'à son côté, toujours en manches de chemise, son mari, le jeune homme aux cheveux jaunes, dormait consciencieusement comme une brute.

Destin d'une quincaillère

Épouser le premier commis, destiné à succéder à son père, est le sort habituel des filles de boutiquier (voir lecture transversale 1, p. 58). Il est même étonnant que Henri n'ait pas suspecté ce projet de mariage… Renoir renonce à ce faux coup de théâtre en annonçant d'emblée qu'Anatole est le futur gendre de M. Dufour. ■

1. Commerçant qui tient une quincaillerie, où l'on vend des outils et des ustensiles en métal.

Elle devint si pâle en voyant Henri qu'il crut qu'elle allait défaillir. Puis ils se mirent à causer naturellement, de même que si rien ne se fût passé entre eux.

Mais comme il lui racontait qu'il aimait beaucoup cet endroit et qu'il y venait souvent se reposer, le dimanche, en songeant à bien des souvenirs, elle le regarda longuement dans les yeux.

« Moi, j'y pense tous les soirs, dit-elle.

– Allons, ma bonne, reprit en bâillant son mari, je crois qu'il est temps de nous en aller. »

9 avril 1881

Claude Monet, *Au bord de l'eau*, 1868.

Henriette (Sylvia Bataille) dans le film de Jean Renoir, *Partie de campagne*, 1936.

L'histoire d'un amour déçu suivi d'une vie ratée.
Jean Renoir

Relire...

Une Partie de campagne

Testez votre lecture

Le cadre de l'intrigue

1 Où se situe l'auberge où déjeune la famille Dufour ?

2 À quelle fréquence les Dufour s'offrent-ils un dimanche à la campagne ?

3 Pour quelle occasion ont-ils organisé ce déjeuner ?

4 Combien de temps s'écoule entre le dimanche à la campagne de la famille Dufour et la visite d'Henri à la quincaillerie ?

Les personnages

5 Qui sont les membres de la famille Dufour ?

6 Comment les deux canotiers séduisent-ils Henriette et sa mère ?

Structure et registre

7 Proposez un plan de la nouvelle.

8 Pourquoi la nouvelle se termine-t-elle par un double épilogue ?

9 Quel est le registre dominant dans cette nouvelle ?

La portée de la nouvelle

10 D'après cette nouvelle, à quoi ressemble la vie de petits commerçants parisiens ?

11 D'après cette nouvelle, quel est le statut des femmes de la petite bourgeoisie de la fin du XIXe siècle ?

12 Quand le cinéaste Jean Renoir adapte cette nouvelle au cinéma, il coupe toutes les scènes qui se passent à Paris : à votre avis, pourquoi ?

Henri sur sa yole, à la fin du film de Renoir, 1936.

Structure de l'œuvre

Pages	Repères temporels	Action
		Une sortie familiale
14	« DEPUIS CINQ MOIS »	**L'anticipation** : plaisir d'une escapade, d'une échappée du quotidien, programmée de longue date.
14		**Le voyage** : la famille voyage dans la voiture du laitier.
14-15	« CIEL CLAIR DU MATIN », « LE SOLEIL COMMENÇAIT À BRÛLER LES VISAGES » (= MILIEU DE MATINÉE)	**Le trajet** : description des paysages traversés par la famille Dufour entre Paris et Bezons, de la ville à la campagne.
15		**L'arrivée** : les Dufour choisissent de passer la journée au restaurant Poulin, de Bezons.
		Les plaisirs de la campagne
16		**Une galerie de portraits** : la descente de voiture est l'occasion de peindre les différents membres de la famille Dufour.
17-18		**Les escarpolettes** : madame Dufour et sa fille s'emparent des balançoires.
18		**La commande** : tous les Dufour participent à la commande du déjeuner.
18		**La grand-mère** : personnage un peu à part, elle cherche de la compagnie auprès du chat de l'auberge
18-19		**Les yoles** : la famille est fascinée par les yoles de deux canotiers.
		Un déjeuner sur l'herbe
20		**Des jeunes gens bien aimables** : les deux canotiers propriétaires des yoles cèdent leur place à la famille Dufour pour le déjeuner.
21	« LA TEMPÉRATURE DEVENAIT TERRIBLE » (= MIDI)	**Des jeunes gens fascinants** : madame Dufour engage la conversation avec les deux canotiers qui fascinent la famille par le récit de leur vie en plein air.
22		**L'ivresse** : le soleil et le vin ont plongé tous les membres de la famille Dufour dans une douce ivresse.

Une promenade en yole

22		**Une proposition** : les canotiers se proposent d'emmener les deux femmes faire une promenade en yole. Ils proposent au mari et père et à son commis de pêcher en les attendant.
22		**L'organisation** : les canotiers emmènent chacun une femme.
23-24		**Henri et Henriette sont sur un bateau** : la jeune fille est étrangement émue sans qu'elle sache si c'est par la chaleur, par le vin, par la nature ou encore par son tête-à-tête avec un canotier.
24-25		**Le « cabinet particulier »** : les deux jeunes gens ont perdu de vue madame Dufour et son compagnon. Ils s'installent dans une chambre de verdure sous prétexte d'écouter le chant du rossignol.
26		**L'étreinte** : le chant du rossignol évoque l'étreinte des deux jeunes gens.
27		**Le retour** : tandis qu'Henri et Henriette s'en retournent pleins de honte, madame Dufour et son compagnon semblent se témoigner une tendre complicité

Fin de journée

27	« peur d'être prise par la nuit » (= fin de journée)	**Le départ** : la famille Dufour rentre à Paris.

Épilogue

28	« Deux mois après »	**Mariée !** : Henri, qui s'est rendu à la quincaillerie des Dufour, apprend qu'Henriette est mariée au commis aux cheveux jaunes.
28-29	« L'année suivante »	**Souvenirs, souvenirs** : Henri surprend Henriette et son mari dans son cabinet de verdure. Les deux anciens amants évoquent leurs souvenirs pendant que le mari dort.

Du début à « […] les miasmes des dépotoirs » (p. 15, l. 53)

Retour au texte

1 • Quel est le temps employé dans le premier paragraphe ? Commentez.

2 • Qui sont les personnages ?

3 • Que raconte ce début de nouvelle ?

Interprétations

La famille Dufour

4 • Que savons-nous des personnages présents dans cet incipit (relations, milieu social…) ?

5 • Quel est le chiffre récurrent dans cet incipit ? Que suggère-t-il ? Vous pouvez vous aider de la lecture du texte 3 (p. 39).

De Paris à la campagne

6 • Quel est le trajet effectué ? Comparez-le avec celui qu'effectue Monsieur Patissot, bourgeois de Paris (texte 1, p. 37).

7 • Comment s'organise la description ? Le texte 3 (p. 39) peut vous guider dans votre réflexion. à quels sens fait-elle appel ?

8 • Quelle est l'image employée à la fin du sixième paragraphe ? Quel effet produit-elle ?

9 • Quelles sont les fonctions de la description ?

Un narrateur discret

10 • Qui raconte ? Qui voit la scène ?

Et vous ?

Du livre au film

Visionnez les premières minutes du film de Jean Renoir *Partie de campagne* (disponible en DVD ou sur le net) et comparez l'incipit de la nouvelle avec le début du film. Quels sont les changements apportés par Jean Renoir ? Quel est l'effet produit ? Aidez-vous du texte 2 (p. 38).

Vers l'oral du bac

1 **Question sur l'extrait** – Cet extrait remplit-il les fonctions d'un incipit ?

2 **Question sur l'ensemble de la nouvelle** – Quel rôle joue la campagne dans cette nouvelle ?

Texte 1 • Guy de Maupassant, *Les Dimanches d'un bourgeois de Paris*, chapitre IV, « Pêche à la ligne », 1880.

Les Dimanches d'un bourgeois de Paris *présente la vie d'un bourgeois type : son travail – dans l'administration –, ses loisirs… Maupassant fait mine d'être objectif, mais en réalité il présente une vue biaisée, légèrement ironique, de la petite bourgeoisie qu'il a fréquentée pendant ses années au ministère.*

Il partit par le premier train. La gare était pleine de gens armés de cannes à pêche. Les unes, comme celles de Patissot, semblaient de simples bambous, mais les autres, d'un seul morceau, montaient dans l'air en s'amincissant. C'était comme une forêt de fines baguettes qui se heurtaient à tout moment, se mêlaient, semblaient se battre comme des épées, ou se balancer comme des mâts au-dessus d'un océan de chapeaux de paille à larges bords.

Quand la locomotive se mit en marche, on en voyait sortir de toutes les portières, et les impériales, d'un bout à l'autre du convoi, en étant hérissées, le train avait l'air d'une longue chenille qui se déroulait par la plaine.

On descendit à Courbevoie, et la diligence de Bezons fut emportée d'assaut. Un amoncellement de pêcheurs se tassa sur le toit, et comme ils tenaient leurs lignes à la main, la guimbarde prit tout à coup l'aspect d'un gros porc-épic.

Tout le long de la route, on voyait des hommes se diriger dans le même sens, comme pour un immense pèlerinage vers une Jérusalem inconnue. Ils portaient leurs longs bâtons effilés, rappelant ceux des anciens fidèles revenus de Palestine, et une boîte en fer blanc leur battait le dos. Ils se hâtaient.

À Bezons, le fleuve apparut. Sur ces deux bords, une file de personnes, des hommes en redingote, d'autres en coutil[1], d'autres en blouse ; des femmes, des enfants même, des jeunes filles prêtes à marier, pêchaient.

1. Toile épaisse utilisée pour les vêtements de travail.

Texte 2 • Jean Renoir, *Partie de campagne* (1936), découpage (après montage définitif) et dialogue *in extenso*

Voici les premières lignes du scénario du film de Jean Renoir, adapté de la nouvelle de Maupassant. L'encadré correspond à un encart qui apparaît à l'écran : en effet, Renoir n'ayant pu finir son film, sa femme, qui a réalisé le montage, a décidé de recourir à deux encarts – un au début et un à la fin – pour clarifier l'intrigue.

M. Dufour, quincaillier à Paris, entouré de sa belle-mère, de sa femme, de sa fille et de son commis Anatole qui est aussi son futur gendre et son futur successeur, a décidé, après avoir emprunté la voiture de son voisin le laitier, en ce dimanche de l'été 1860, d'aller se retrouver face à face avec la nature[1].

Vue générale d'une rivière, en légère plongée[2]. Par un panoramique[3] (haut-bas) on découvre, en premier plan, un enfant qui pêche à la ligne, du haut du pont. Puis, en panoramique, la voiture des laitiers que l'on reprend en contre-plongée s'arrêtant derrière l'enfant qui sort, à cet instant, un poisson de l'eau.

ANATOLE (*Paul Temps*) : Ça mord ?

MONSIEUR DUFOUR (*Gabriello*) : Y a du poisson ?

LE GOSSE : Y en a qui disent qu'y en a pu !... Y en a qui disent qu'y en a encore ! Le tout, c'est de savoir les prendre !
L'enfant ramasse sa ligne et s'éloigne.

ANATOLE : M'sieur Dufour !

MONSIEUR DUFOUR : Eh bien ! mes enfants, vous savez, je crois que nous avons tapé dans le mille. Il y a là un restaurant. Ça doit être le bon coin. On va déjeuner là. Ça t'va, Madame Dufour ?

MADAME DUFOUR (*Jane Marken*) : Ça m'va.
M. Dufour tire sur les rênes et la voiture démarre du côté opposé où est parti l'enfant.

MONSIEUR DUFOUR : Le chemin passe sous le pont. Il va falloir faire le tour. Hue ! Cocotte !

Nous découvrons alors, en travelling avant[4]*, le restaurant de M. Poulain enfoui dans la verdure.*

L'Avant-Scène cinéma, n° 21, 15 décembre 1962.

1. Il s'agit du texte du carton qui apparaît au début du film.
2. Prise de vue réalisée avec une caméra située au-dessus de la scène (quand la caméra est située en-dessous, on parle de « contre-plongée »).
3. Mouvement horizontal ou vertical de la caméra, maintenue en un point fixe.
4. Mouvement de caméra.

Texte 3 • Thanh-Vân Ton That, « Analyse structurelle de la nouvelle de Maupassant », *in Analyse et réflexions sur Maupassant et Renoir,* Une Partie de campagne (1985)

Ce texte théorique s'interroge sur la présence des chiffres dans la nouvelle de Maupassant : ils semblent insignifiants au premier abord mais sont en réalité porteurs de signification.

Maupassant parsème son texte de chiffres souvent pairs (« deux », « quatre ») qui structurent le texte et donnent une impression de triste rigidité. Cette récurrence de chiffres obsédants emprisonne l'homme dans la fatalité d'un monde matériel dont les règles lui échappent. Très souvent, ces précisions semblent superflues ou trop évidentes, d'où l'effet de lourdeur des choses, dans un univers où les objets imposent leur présence et écrasent les personnages. Telle est l'impression que donne la description très détaillée de la carriole du laitier qui a « deux roues », « quatre montants de fer », « deux chaises », un marchepied tenu par « deux branches de fer », « deux brancards ». Un peu plus loin, on remarque la présence de « deux superbes yoles », et l'un des canotiers offrira à M. Dufour et à son futur gendre « deux lignes de pêcheur à la main » : les objets vont par paires et les personnages, par couples.

Pause lecture 2 Pourquoi les filles font-elles de la balançoire ?

De « Mlle Dufour essayait de se balancer » (p. 17, l. 98) à « que des rires faisaient grimacer diversement » (p. 18, l. 131)

Retour au texte

1 • Que font les différents personnages à leur arrivée à l'auberge ?

Interprétations

Deux générations

2 • Qu'est-ce qui distingue Mlle Dufour de sa mère du point de vue physique ?

3 • Quelle attitude ont-elles chacune adopté sur les balançoires ?

4 • Quels liens peut-on établir de l'une à l'autre ?

L'art du narrateur

5 • Quels sont les sous-entendus contenus dans le premier paragraphe ?

6 • Est-ce le même état d'esprit qui domine dans les deuxième et troisième paragraphes ? Étudiez le rythme dominant dans les deuxième et troisième paragraphes.

7 • Quels sont les différents regards portés sur la scène ? Comparez votre réponse avec le film de Jean Renoir (voir texte, p. 41).

Et vous ?

Recherche TICE

Effectuez des recherches sur la représentation des « loisirs » dans l'art dans la seconde moitié du XIXe siècle.

Vers l'oral du bac

1 **Question sur l'extrait** – Quelles sont les oppositions qui structurent ce passage ?

2 **Question sur l'ensemble de la nouvelle** – En quoi cette scène peut-elle être considérée comme prémonitoire ?

Texte • Jean Renoir, *Partie de campagne*, découpage (après montage définitif) et dialogue *in extenso*

Il [Rodolphe, un des canotiers] se lève et ouvre les volets. Au loin, on aperçoit les Dufour autour des balançoires.
Pendant que Rodolphe ne le voit pas, Henri se verse un grand verre de pastis, qu'il avale d'un trait.
Plan d'ensemble des balançoires. Henriette se balance debout sur l'une d'elles. Mme Dufour, plus près de nous, est assise sur l'autre. M. Dufour arrive derrière elle pour lui donner de l'élan. Anatole se tient au montant du portique tandis que M. Poulain entre dans le champ, à côté de lui. Au premier plan, la grand-mère se tient à l'autre montant.

MADAME DUFOUR : Ce coin est bien choisi par M. Dufour.

HENRIETTE : Oui, maman, c'est très joli !

MADAME DUFOUR : Ah ! Est-ce qu'on pourrait avoir une friture ?

MONSIEUR POULAIN : Ah ! oui ; j'ai justement ce qu'il vous faut !

MADAME DUFOUR : Oh ! quelle chance ! On va avoir de la friture !

MONSIEUR DUFOUR : Ben là ! c'est naturel, au bord de la rivière, quoi !

ANATOLE : J'aurais préféré la pêcher moi-même !

M. DUFOUR *pousse Mme Dufour.*

MADAME DUFOUR : Alors, vous allez nous faire une petite friture, un bon p'tit lapin sauté, de la salade et du dessert (*Un temps.*) Pousse-moi fort, Cyprien !

MONSIEUR DUFOUR : Dites, patron, vous mettrez deux litres de vin blanc et puis du Bordeaux.

M. POULAIN *sort du champ, par la gauche.*

HENRIETTE : Dis papa, on déjeunera sur l'herbe ?

MONSIEUR DUFOUR : Quoi ? On n'est pas à la campagne pour s'enfermer ?

Plan rapproché d'Henriette se balançant. La caméra suit son mouvement.

MONSIEUR DUFOUR, *en off* : Allez, tiens bon, tiens bon !

MADAME DUFOUR, *en off* : Oh ! non, arête Cyprien, arrête, j'ai le vertige.

On revient près du portique pour cadrer en plan américain[1] *la grand-mère et M. Dufour. Derrière Henriette et Mme Dufour continuent à se balancer.*

LA GRAND-MÈRE : Si on déjeunait ici ! Mon gendre, on déjeune ici ?

MONSIEUR DUFOUR : C'est déjà commandé !

Mais la grand-mère s'approche plus près de M. Dufour qui lui crie à l'oreille.

LA GRAND-MÈRE : Ah ! faut déjà s'en aller ?

MONSIEUR DUFOUR : Non, on vous écrira !

Anatole est derrière M. Dufour et lui tape sur l'épaule.

ANATOLE : On va tout de même voir la rivière, monsieur Dufour ?

MONSIEUR DUFOUR : Mais oui, Anatole, mais oui ! J'ai tellement chaud que j'me déboutonne, tiens ! Allons-y mon vieux, va !

Tous deux sortent du champ à droite, tandis que la grand-mère reste médusée, ne comprenant pas. De nouveau, Henriette se balançant. Panoramique pour suivre la grand-mère s'éloignant. En fin de panoramique, apparaissent des séminaristes que l'on reprend en plan américain. S'arrêtant et jetant un long regard vers les balançoires. Plan général des balançoires. Le supérieur les fait avancer, jetant lui-même un regard intéressé vers le portique.
Vue en plongée d'Henriette se balançant, venant et s'éloignant de la caméra. Dans le mouvement, son chapeau tombe à terre.
Plan rapproché de visages de gosses qui observent la scène de derrière un mur.
La caméra de nouveau accompagne Henriette sur sa balançoire.

À la fenêtre du restaurant, plan moyen sur Rodolphe qui, accoudé, se lisse les moustaches en regardant intensément vers la balançoire. En face, Henri est à table et la servante apporte les plats.

LA SERVANTE : Y a du fromage de tête et du vin blanc. Ça vous va ?

RODOLPHE : Tais-toi, ne m'dérange pas. Nous sommes extrêmement occupés !

HENRI, *avec un geste de la main* : Monsieur est en pleine conférence !

Henri se retourne vers la servante qui le suit (il murmure une phrase inaudible).
Plan général d'Henriette et de Mme Dufour se balançant.
On revient sur Rodolphe et Henri.

RODOLPHE : Belle invention l'escarpolette !

De nouveau Henriette et Mme Dufour.

HENRI, *en off* : Un attrape-nigauds ! Tu vois tout et tu vois rien du tout !

RODOLPHE, *se lissant la moustache* : Oh ! ben, c'est parce qu'elle est debout ! Si elle pouvait s'asseoir, le paysage deviendrait beaucoup plus intéressant.

On revient sur les balançoires pour voir Henriette s'asseoir, et, en contre-plongée serrée, passer devant la caméra.
Rodolphe continue de lisser sa moustache et quitte le rebord de la fenêtre pour s'attabler.

L'Avant-Scène cinéma, n° 21, 15 décembre 1962.

1. Le plan américain montre les personnages jusqu'à mi-cuisses.

Analyse d'images

Comment l'impressionnisme s'empare-t-il du réel ?

▶ Dossier central couleurs images I à IV

Retour aux images

1 • Repérez les lignes de fuite sur les quatre tableaux.

2 • Étudiez les jeux de couleurs (tonalité dominante ? contraste ?) pour les quatre tableaux.

Interprétations

Se souvenir ou observer

3 • Quel est le thème de chacun des tableaux ?

4 • Où chacun des artistes trouve-t-il son inspiration ?

Juger ou voir

5 • Sur quelle opposition repose le tableau de Thomas Couture ?

6 • Quelle thèse le tableau défend-il ?

7 • Comment sont traités les nus dans les tableaux de Cabanel et Manet ? Qu'en déduisez-vous ?

De l'atelier à la berge

8 • Où a peint chacun des artistes à votre avis ?

9 • Comparez les tableaux du point de vue de la composition, de la couleur, de la netteté du trait et déduisez-en les caractéristiques techniques de l'impressionnisme.

Et vous ?

Histoire des arts - Exposé

Pouvez-vous établir des parallèles entre les peintres impressionnistes et les écrivains naturalistes ? En groupe, vous effectuerez une recherche sur Internet, sélectionnerez des textes et des tableaux, et préparerez un diaporama pour illustrer votre exposé.

I

II

III

IV

I Thomas Couture, *Romains de la décadence*, 1847

Cette toile immense de Thomas Couture, l'un des professeurs d'Édouard Manet, représente un sujet peint maintes fois auparavant : la décadence romaine. La clarté de la composition, les hommages rendus aux artistes du passé, la leçon morale, sont autant d'éléments qui contribuent au succès de cette toile.

II Alexandre Cabanel, *La Naissance de Vénus*, 1863

Ce tableau triomphe au Salon officiel de 1863, alors que *Le Déjeuner sur l'herbe* de Manet s'attire tous les quolibets au Salon des Refusés. Zola qualifie cette Vénus de « délicieuse lorette, non pas en chair et en os, – cela serait indécent – mais en une sorte de pâte d'amande blanche et rose » !

III Édouard Manet, *Le Déjeuner sur l'herbe*, 1863

Cette toile, comme *Olympia*, suscite critiques et moqueries : une femme nue dans un contexte contemporain apparaît terriblement indécente… Zola prend la défense de son ami en indiquant qu'elle n'est là « que pour fournir à l'artiste l'occasion de peindre un morceau de chair ».

IV Claude Monet, *Impression, Soleil levant*, 1874

Exposée chez le photographe Nadar, cette toile fait l'objet de commentaires ironiques : « Je me disais aussi, puisque je suis impressionné, il doit y avoir de l'impression là-dedans […] et quelle liberté, quelle aisance dans la facture ! Le papier peint à l'état embryonnaire est plus fait que cette peinture-là ! » (Louis Leroy, *Le Charivari*, 25 avril 1874) Le terme d'« impressionniste » est donc d'abord employé avec une forte connotation péjorative.

Pause lecture 3

Comment dire sans dire ?

De « La jeune fille pleurait toujours » (p. 25, l. 367) à « une haine entre leurs esprits » (p. 27, l. 410)

Retour au texte

1 • Que se passe-t-il entre Mlle Dufour et Henri ?

2 • Que décrit Maupassant ?

Interprétations

L'étreinte

3 • Comment s'organise le passage ?

4 • Quel rythme l'écriture impose-t-elle au premier paragraphe ? Commentez la ponctuation.

5 • Quels termes renvoient explicitement aux deux amants ? Qu'en déduisez-vous ?

6 • Quel est « le poids trop lourd » (l. 377) qui écrase Henriette ?

Le chant du rossignol

7 • À quels sens fait appel l'évocation du chant du rossignol ?

8 • Quels sont les termes à double entente, qui renvoient à la scène d'amour ?

9 • Comparez la version définitive du texte avec sa première version (texte 2, p. 47).

Les causes de la chute

10 • Que symbolise le rossignol pour Henriette ? (texte 1, p. 47)

11 • Que signifient les remarques sur le changement de temps dans le dernier paragraphe ?

Et vous ?

Débat oral

Selon vous, la manière dont Maupassant raconte la scène d'amour entre Henriette et Henri a-t-elle seulement pour but d'éviter la censure ? Appuyez-vous sur le texte 3 (p. 48).

Vers l'oral du bac

1 **Question sur l'extrait** – Par quels procédés Maupassant évoque-t-il sans la raconter l'étreinte entre Henri et Henriette ?

2 **Question sur l'ensemble de la nouvelle** – Quelle est la place du désir dans cette nouvelle de Maupassant ?

Texte 1 • William Shakespeare, *Roméo et Juliette*, 1595

Pour Henriette, le rossignol est « l'invisible témoin des rendez-vous d'amour qu'invoquait Juliette sur son balcon ». Sa connaissance de la tragédie de Shakespeare n'est qu'approximative : c'est au matin de sa nuit de noces, dans sa chambre, que Juliette évoque le rossignol. Le rossignol est le symbole de la nuit, l'alouette du matin : Roméo, coupable d'un meurtre, doit fuir au matin.

JULIETTE. – Veux-tu donc partir ? Le jour n'est pas proche encore : c'était le rossignol et non l'alouette dont la voix perçait ton oreille craintive. Toutes les nuits, il chante sur le grenadier, là-bas. Crois-moi, amour, c'était le rossignol.

ROMÉO. – C'était l'alouette, la messagère du matin et non le rossignol. Regarde, amour, ces lueurs jalouses qui dentellent le bord des nuages à l'orient ! Les flambeaux de la nuit sont éteints, et le jour joyeux se dresse sur la pointe du pied au sommet brumeux de la montagne. Je dois partir et vivre, ou rester et mourir.

Traduction François-Victor Hugo, 1865-1872.

Texte 2 • Guy de Maupassant, « Une Partie de campagne », première version, 1881

Soudain, il poussait une note suraiguë, ou bien un jaillissement de gammes frissonnantes, tantôt folles et rapides comme des bouches qui se mordent, tantôt languissantes comme des caresses qui s'éteignent ou superbes comme un triomphe.

Texte 3 • Pierre Danger, « La transgression dans l'œuvre de Maupassant », *in Maupassant et l'écriture*, 1993

S'il est une qualité que l'on est en droit d'attendre d'un bon lecteur de Maupassant, c'est d'abord qu'il soit pourvu au plus haut degré de ce que l'on pourrait appeler « un esprit mal tourné ». C'est en la circonstance dans la nature même du contrat que nous propose l'auteur, pour ainsi dire. Nous savons bien, en effet, que lorsque Maupassant écrit pour le *Gil Blas*, *Le Gaulois* ou *La Vie populaire*, il exploite un fonds de commerce en pratiquant un art dans lequel il est passé maître : celui du sous-entendu licencieux, de l'allusion grivoise, de la phrase à double entente, bref cette forme d'esprit particulière par laquelle une société se rassure sur elle-même, flirte avec ses tabous et se donne l'illusion de la liberté tout en respectant les convenances.

Actes du colloque de Fécamp, 21-22-23 mai 1993, © Nathan, 1993.

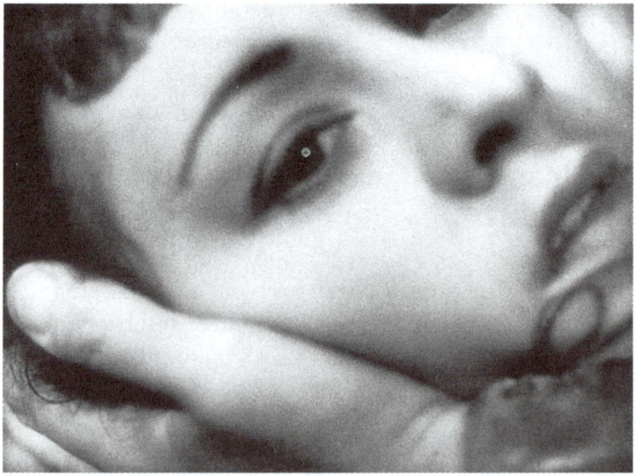

L'œil d'Henriette (Sylvia Bataille) dans le film de Renoir.

▶ p. 44

Les Romains de la décadence

Tableau de Thomas Couture,
huile sur toile (775 cm × 466 cm)
1847.

La Naissance de Vénus

Tableau d'Alexandre Cabanel, huile sur toile (225 cm × 130 cm), 1863.

Le Déjeuner sur l'herbe

Tableau d'Édouard Manet,
huile sur toile (270 cm × 200 cm),
1863.

Impression, soleil levant

Tableau de Claude Monet,
huile sur toile (63 cm × 48 cm),
1872.

Analyse d'images ▶ p. 50

Argenteuil

Tableau d'Édouard Manet,
huile sur toile (115 cm × 149 cm),
1874.

La Grenouillère

Tableau de Claude Monet,
huile sur toile (100 cm × 75 cm),
1869.

La Grenouillère

Tableau de Pierre-Auguste Renoir, huile sur toile (80 cm × 66 cm), 1869.

Une baignade à Asnières

Tableau de Georges Seurat,
huile sur toile (300 cm × 200 cm),
1884.

Gustave Caillebotte, *Les Périssoires*, 1877.

Analyse d'images

Comment canoter sur la Seine aux côtés des peintres impressionnistes ?

▶ Dossier central couleurs images V à VIII

Retour aux images

1 • Quel est le point commun de ces quatre tableaux ?

2 • Quelles différences, du point de vue technique, observez-vous entre les tableaux V, VI et VII d'une part, et le tableau VIII d'autre part ?

Interprétations

Reflet d'une époque

3 • D'après ces tableaux (voir aussi p. 12, 67, 82), quelles sont les activités qui s'offrent aux Parisiens le dimanche le long de la Seine ?

4 • Qui fréquente les guinguettes des bords de Seine ? Sur *La Grenouillère* de Renoir, comment identifie-t-on les personnages ?

5 • Comparez ces instantanés d'une époque avec la « partie de campagne » des Dufour.

Peindre la lumière du soleil

6 • Quel temps, au sens météorologique, caractérise ces différents tableaux ?

7 • Comment les peintres représentent-ils la lumière ? Quelle impression en résulte-t-il ?

8 • Comment Maupassant décrit-il le soleil dans « Une Partie de campagne » ?

Saisir l'instant

9 • Comment qualifieriez-vous les traits de peinture dans ces œuvres ?

10 • Comment s'harmonisent les couleurs ?

11 • Quel effet cela produit-il ?

Et vous ?

Recherche TICE

Faites une recherche sur les guinguettes des bords de Seine à la fin du XIXe siècle et au début du XXe : quelles étaient les plus célèbres ? qui les fréquentaient et qu'y faisait-on ? que sont-elles devenues ? Pour illustrer votre propos, cherchez des documents iconographiques qui permettent de comparer les bords de Seine du temps de Maupassant et aujourd'hui. Rassemblez documents et analyses dans un bref dossier.

V

VI

VII

VIII

V Édouard Manet, *Argenteuil*, 1874

Ce tableau, qui représente un canotier en compagnie d'une jeune femme, a été peint par Manet, alors qu'il rendait visite à son ami Claude Monet.

VI Claude Monet, *La Grenouillère*, 1869

Monet et Renoir se rendent ensemble à la Grenouillère, guinguette en vogue située sur la rive de l'île de Croissy, près de Bougival. Ils peignent six toiles (voir tableau VI) dont une est aujourd'hui perdue. Cet ensemble, peint « sur le motif », c'est-à-dire sur place, d'après nature, et non en atelier, semble inaugurer une nouvelle technique artistique que l'on qualifiera plus tard d'impressionniste. Il met également en scène les mœurs des Parisiens qui se pressent dans les guinguettes et établissements de bain tous les dimanches. Maupassant situe à la Grenouillère « La Femme de Paul », une autre nouvelle du recueil *La Maison Tellier*.

VII Pierre-Auguste Renoir, *Baignade dans la Seine ou La Grenouillère*, 1869

Un des tableaux de Renoir de la série peinte en compagnie de Monet dans la célèbre guinguette des bords de Seine.

VIII Georges Seurat, *Une baignade à Asnières*, 1884

Ce tableau peut être qualifié de « pointilliste », car il procède par juxtaposition de points de couleurs. Seurat utilise une technique un peu différente de celle des impressionistes, tout en représentant une scène qu'eux-mêmes ont souvent peinte.

Pourquoi deux épilogues ?

De « Deux mois après » (p. 28, l. 433) à la fin.

Retour au texte

1 • Qu'apprend-on dans le premier épilogue ? Dans le second ?

Interprétations

Le premier épilogue

2 • Quelles informations sur les personnages nous donne le premier épilogue ?

3 • Sur quel ton Henri et Mme Dufour communiquent-ils ? Quel est le rôle de la ponctuation dans la première partie de l'épilogue ?

4 • Sur quelle opposition reposent les deux dernières répliques ?

Le second épilogue

5 • Commentez les connecteurs de temps.

6 • À qui le jeune homme aux cheveux jaunes fait-il penser ?

7 • Quel est l'effet produit par la dernière phrase ?

8 • Lisez le texte 3 (p. 54) : comment le film de Renoir se termine-t-il ? Commentez et comparez avec l'effet produit par l'épilogue de la nouvelle.

Et vous ?

Comparer

Lisez les dénouements de deux nouvelles de Maupassant (textes 1 et 2, p. 53). Quelles sont les caractéristiques de l'art du dénouement selon cet auteur ? Rédigez une réponse à cette question en vous appuyant sur les textes proposés.

Vers l'oral du bac

1 **Question sur l'extrait** – Quel est l'intérêt de ce double épilogue ?

2 **Question sur l'ensemble de la nouvelle** – Qualifieriez-vous cette nouvelle de pessimiste ? Pourquoi ?

Texte 1 • Guy de Maupassant, « Sur l'eau », *La Maison Tellier*, 1881

Le narrateur est un canotier, dont le bateau, une nuit, s'est trouvé entravé.

Peu à peu, cependant, l'épaisseur du noir diminua. Soudain je crus sentir qu'une ombre glissait tout près de moi ; je poussai un cri, une voix répondit ; c'était un pêcheur. Je l'appelai, il s'approcha et je lui racontai ma mésaventure. Il mit alors son bateau bord à bord avec le mien, et tous les deux nous tirâmes sur la chaîne. L'ancre ne remua pas. Le jour venait, sombre, gris, pluvieux, glacial, une de ces journées qui vous apportent des tristesses et des malheurs. J'aperçus une autre barque, nous la hélâmes. L'homme qui la montait unit ses efforts aux nôtres ; alors, peu à peu l'ancre céda. Elle montait, mais doucement, doucement, et chargée d'un poids considérable. Enfin, nous aperçûmes une masse noire, et nous la tirâmes à mon bord :

C'était le cadavre d'une vieille femme qui avait une grosse pierre au cou.

Texte 2 • Guy de Maupassant, « En famille », *La Maison Tellier*, 1881

Lorsque la mère de Monsieur Caravan décède, lui et sa femme en profitent pour subtiliser quelques meubles dans l'appartement de la vieille femme, au grand dam de Mme Braux, la sœur de M. Caravan. Mais, à la surprise générale, après vingt-quatre heures, Mme Caravan mère se réveille !

Les deux Caravan demeurèrent effarés, muets, effondrés dans un affreux désastre, tandis que Braux se frottait les mains en sirotant son café.

Soudain, Mme Caravan, affolée de colère, s'élança sur lui, hurlant : – « Vous êtes un voleur, un gredin, une canaille… Je vous crache à la figure, je vous… je vous… » Elle ne trouvait rien, suffoquant ; mais lui, riait, buvant toujours.

Puis, comme sa femme revenait justement, elle s'élança vers sa belle-sœur ; et toutes les deux, l'une énorme avec son ventre menaçant, l'autre épileptique et maigre, la voix changée, la main tremblante, s'envoyèrent à pleine gueule des hottées d'injures.

Chenet[1] et Braux s'interposèrent, et ce dernier, poussant sa moitié par les épaules, la jeta dehors en criant : – « Va donc, bourrique, tu brais trop ! »

Et on les entendit dans la rue qui se chamaillaient en s'éloignant.

M. Chenet prit congé.

Les Caravan restèrent face à face.

Alors l'homme tomba sur une chaise avec une sueur froide aux tempes, et murmura : – « Qu'est-ce que je vais dire à mon chef[2] ? »

1. Le médecin de la famille.

2. M. Caravan a en effet pris une journée de congé pour la mort de sa mère, qui, en réalité, n'est pas morte.

Texte 3 • Jean Renoir, *Partie de campagne*, découpage (après montage définitif) et dialogue *in extenso*

Gros plans d'Henri et d'Henriette se regardant.

HENRI : Je viens souvent ici. Tu sais, j'y ai mes meilleurs souvenirs.

HENRIETTE : Moi, j'y pense tous les soirs.

Plan rapproché en plongée d'Anatole se réveillant et passant la main dans sa tignasse. Gros plan d'Henriette, avec Henri en amorce de dos.

ANATOLE, *en off* : Henriette ! Henriette ! Henriette !

Henriette, avec un sanglot étouffé, s'en va. On reste sur Henri qui allume une cigarette. Plan moyen en plongée d'Henriette rejoignant Anatole, qui se lève.

ANATOLE : Alors, ma bonne, je crois qu'il est temps de nous en aller !
On recadre Henriette, en panoramique (bas-haut).

HENRIETTE, *des sanglots dans la voix* : Oui. Oui. Oui… Oui.

Anatole ramasse les lignes qu'il accroche dans les branches.
Henri se cache dans les feuillages.
Plan moyen d'Anatole essayant de mettre sa veste.

ANATOLE : Et alors !

Henriette l'aide à enfiler sa veste. Anatole prend ses lignes et tous deux s'éloignent. On les reprend longeant la berge, avec Henri en premier plan, caché dans les feuillages et les regardant passer.
Henri retourne à son point d'accostage. Il s'assied sur un tronc. Gros plan de son regard vers les hautes branches. Panoramique sur la berge, pour reprendre la barque d'Anatole. Henriette rame tandis qu'à l'arrière Anatole s'installe. Puis panoramique sur une yole vide alors qu'on entend en off la mélodie murmurée par Germaine Montéro[1].
Apparaît le mot « FIN ».

L'Avant-Scène cinéma, n° 21, 15 décembre 1962.

1. On a déjà entendu cette mélodie lors de la promenade en yole.

Une journée d'exception dans la vie de petits bourgeois parisiens

- Le plus-que-parfait du premier paragraphe et les connecteurs de temps employés au début de la nouvelle donnent l'impression que la journée a un caractère exceptionnel. On ne sort pas souvent. Cette journée est chargée par des mois d'attente et d'anticipation. Les Dufour ne peuvent aller à la campagne qu'une ou deux fois par an, contrairement aux canotiers qui y vont tous les dimanches.
- Il s'agit donc pour eux d'en profiter au maximum : le repas est ainsi particulièrement riche et abondamment arrosé. Toutefois, on sent qu'ils sont aussi joyeux que mal à l'aise dans cet environnement : madame Dufour, dont la robe de soie paraît bien peu pratique pour un déjeuner sur l'herbe, se plaint des fourmis, monsieur Dufour ne peut que jeter un regard nostalgique sur les yoles, qu'il ne sait plus manier, si tant est qu'il ait jamais su le faire ! Maupassant, pour peindre cette journée à la campagne, s'inspire de sa propre expérience : alors qu'il était employé dans un bureau à Paris, il se rendait tous les dimanches à la campagne où il appréciait particulièrement le canotage !

Un regard pessimiste

- Alors que la nouvelle peint une journée de fête, Maupassant porte un regard ironique et pessimiste sur l'existence de cette famille de petits commerçants. En effet, si les relations entre monsieur et madame Dufour semblent plutôt cordiales (ce qui n'empêche pas madame Dufour de tromper son mari !), l'avenir d'Henriette est sombre.
- Avant son mariage, Henriette semble tout à fait indifférente au « jeune homme aux cheveux jaunes » : à aucun moment, la nouvelle ne signale une parole ou un geste entre les deux jeunes gens qui seront mariés moins de deux mois plus tard. Elle sait quel est son destin mais cela ne l'accable pas. Il est en effet courant que les filles de boutiquiers épousent le premier commis : il s'agit d'assurer la pérennité du commerce.
- Au contraire, après avoir découvert l'amour avec Henri, le mariage qu'elle acceptait avec la sagesse de sa classe sociale lui semble intolérable. Désormais, elle ne peut sup-

porter ce mariage, elle a « l'air triste » et pense « tous les soirs » à son aventure avec Henri. Si l'aventure de madame Dufour ne semble avoir eu aucune conséquence sur son mariage, si on la retrouve quelques mois plus tard assise imperturbable dans sa boutique, celle d'Henriette la bouleverse et lui interdit désormais d'envisager la vie et le mariage de la même façon. Le mariage, qualifié par Maupassant dans *Une Vie* de « trou ouvert sous vos pas », apparaît donc comme une cause de malheur.

L'omniprésence du motif de l'eau

- La « partie de campagne » des Dufour se déroule sur les bords de Seine. Cette dernière est peinte avec une grande sensualité par Maupassant : les descriptions, animées par des jeux de lumière, rappellent souvent des tableaux impressionnistes.
- De plus, la rivière est envisagée de manière positive par les différents personnages. Pour monsieur Dufour, elle est associée au passé, à une jeunesse vigoureuse. Les deux canotiers poétisent la rivière et en font un lieu d'aventures extraordinaires, ce qui contribue à séduire Henriette et sa mère. C'est également la Seine qui leur permet de mener à bien leur conquête : l'attrait de la pêche maintient monsieur Dufour et le commis à terre, pendant que les deux femmes s'embarquent sur les yoles.
- Enfin, l'eau semble indissociable de la chute d'Henriette. C'est la Seine, par la sensualité qu'elle dégage, qui dissipe la retenue d'Henriette, l'ouvre à l'amour, c'est aussi elle qui annonce la chute d'Henriette avant même qu'elle n'ait cédé.

Lecture transversale 1 — Quel avenir pour la femme dans la société du XIXe siècle ?

Jean Renoir se dit séduit par cette nouvelle de Maupassant parce qu'elle raconte en peu de mots « l'histoire d'un amour déçu suivi d'une vie ratée ». En effet, au cours de cette partie de campagne, la vie d'Henriette est bouleversée : comment se joue donc en quelques heures l'avenir de cette jeune femme ?

Retour au texte

1 • À quel moment dans la nouvelle apprend-on le mariage d'Henriette avec « le jeune homme aux cheveux jaunes » ?

Interprétations

Mari et femme

2 • Quelles relations Henriette entretient-elle avec « le jeune homme aux cheveux jaunes », avant son mariage ? après son mariage ?

3 • Relevez les phrases au discours direct prononcées par monsieur ou madame Dufour et analysez la relation entre les deux époux.

4 • Comparez ces visions du mariage avec celles que nous proposent trois romans de la deuxième moitié du XIXe siècle (textes 1 à 3, p. 59-61).

Les causes

5 • Quelle éducation a reçu Henriette ? Comparez-la avec celle d'Emma Bovary (texte 1, p. 59).

6 • Sur quels critères s'est fait le mariage d'Henriette et du commis ? Est-ce étonnant ? Comparez avec le récit proposé dans le texte 2 (p. 60).

Des issues ?

7 • Quel rôle joue la « partie de campagne » dans le mariage de Mme Dufour ? dans celui de sa fille ?

8 • Quels remèdes les femmes mal mariées peuvent-elles envisager (textes 1 à 3, p. 59-61) ?

Et vous ?

Du livre au film

Après avoir visionné le fim, comparez le traitement de la relation de Henriette et du « jeune homme aux cheveux jaunes » chez Renoir et chez Maupassant. Faites de même pour ce qui concerne les relations du couple Dufour.

Texte 1. Gustave Flaubert, *Madame Bovary*, 1857

Emma vient d'épouser Charles Bovary, officier de santé dans un petit village près de Rouen.

Elle songeait quelquefois que c'étaient là pourtant les plus beaux jours de sa vie, la lune de miel, comme on disait. Pour en goûter la douceur, il eût fallu, sans doute, s'en aller vers ces pays à noms sonores où les lendemains de mariage ont de plus suaves paresses ! Dans des chaises de poste[1], sous des stores de soie bleue, on monte au pas des routes escarpées, écoutant la chanson du postillon, qui se répète dans la montagne avec les clochettes des chèvres et le bruit sourd de la cascade. Quand le soleil se couche, on respire au bord des golfes le parfum des citronniers ; puis, le soir, sur la terrasse des villas, seuls et les doigts confondus, on regarde les étoiles en faisant des projets. Il lui semblait que certains lieux sur la terre devaient produire du bonheur, comme une plante particulière au sol et qui pousse mal tout autre part. Que ne pouvait-elle s'accouder sur le balcon des chalets suisses ou enfermer sa tristesse dans un cottage écossais, avec un mari vêtu d'un habit de velours noir à longues basques[2], et qui porte des bottes molles, un chapeau pointu et des manchettes !

Peut-être aurait-elle souhaité faire à quelqu'un la confidence de toutes ces choses. Mais comment dire un insaisissable malaise, qui change d'aspect comme les nuées, qui tourbillonne comme le vent ? Les mots lui manquaient donc, l'occasion, la hardiesse.

Si Charles l'avait voulu cependant, il s'en fût douté, si son regard, une seule fois, fût venu à la rencontre de sa pensée, il lui semblait qu'une abondance subite se serait détachée de son cœur, comme tombe la récolte d'un espalier[3] quand on y porte la main. Mais, à mesure que se serrait davantage l'intimité de leur vie, un détachement intérieur se faisait qui la déliait de lui.

La conversation de Charles était plate comme un trottoir de rue, et les idées de tout le monde y défilaient dans leur costume ordinaire, sans exciter d'émotion, de rire ou de rêverie. Il n'avait jamais été curieux, disait-il, pendant qu'il habitait Rouen, d'aller voir au théâtre les acteurs de Paris. Il ne savait ni nager, ni faire des armes, ni tirer le pistolet, et il ne put, un jour, lui expliquer un terme d'équitation qu'elle avait rencontré dans un roman.

1. Voiture à cheval.
2. Partie d'une veste qui va de la taille aux hanches. Le costume évoqué est démodé au XIXe siècle.
3. Mur le long duquel on plante des arbres fruitiers.

Texte 2. Émile Zola, *Au Bonheur des Dames*, 1883

Denise rend visite à son oncle Baudu, qui tient une boutique à Paris, dont Colomban doit prendre la suite après avoir épousé sa fille, Geneviève.

Puis, désignant de la cuiller Geneviève et Colomban :

– Tiens ! reprit-il [Baudu], ces deux-là seront mariés au printemps, si la saison d'hiver est bonne.

C'était l'habitude patriarcale de la maison. Le fondateur, Aristide Finet, avait donné sa fille Désirée à son premier commis Hauchecorne ; lui, Baudu, débarqué rue de la Michodière avec sept francs dans sa poche, avait épousé la fille du père Hauchecorne, Élisabeth : et il entendait à son tour céder sa fille Geneviève et la maison à Colomban, dès que les affaires reprendraient. S'il retardait ainsi un mariage décidé depuis trois ans, c'était par un scrupule, un entêtement de probité : il avait reçu la maison prospère, il ne voulait point la passer aux mains d'un gendre, avec une clientèle moindre et des opérations douteuses.

Baudu continua, présenta Colomban qui était de Rambouillet, comme le père de Mme Baudu ; même il existait entre eux un cousinage éloigné. Un gros travailleur, qui, depuis des années, trimait dans la boutique, et qui avait gagné ses grades rondement ! D'ailleurs, il n'était pas le premier venu, il avait pour père ce noceur de Colomban, un vétérinaire connu de tout Seine-et-Oise, un artiste dans sa partie, mais tellement porté sur sa bouche, qu'il mangeait tout.

– Dieu merci ! dit le drapier pour conclure, si le père boit et court la gueuse, le fils a su apprendre ici le prix de l'argent.

Pendant qu'il parlait, Denise examinait Colomban et Geneviève. Ils étaient à table l'un près de l'autre ; mais ils y restaient bien tranquilles, sans une rougeur, sans un sourire. Depuis le jour de son entrée, le jeune homme comptait sur ce mariage. Il avait passé par les différentes étapes, petit commis, vendeur appointé, admis enfin aux confidences et aux plaisirs de la famille, le tout patiemment, menant une vie d'horloge, regardant Geneviève comme une affaire excellente et honnête. La certitude de l'avoir l'empêchait de la désirer. Et la jeune fille, elle aussi, s'était accoutumée à l'aimer, mais avec la gravité de sa nature contenue, et d'une passion profonde qu'elle ignorait elle-même, dans son existence plate et réglée de tous les jours.

– Quand on se plaît et qu'on le peut, crut devoir dire Denise en souriant, pour se montrer aimable.

Texte 3. Guy de Maupassant, *Une Vie*, 1883

Jeanne, à peine sortie du couvent, a fait un mariage d'amour en épousant Julien de Lamare. Pourtant, dès les premiers mois de son mariage, elle déchante.

Les cartes entrèrent alors dans la vie des jeunes gens. Chaque jour, après le déjeuner, Julien, tout en fumant sa pipe et se gargarisant avec du cognac dont il buvait peu à peu six à huit verres, faisait plusieurs parties de bésigue[1] avec sa femme. Elle montait ensuite en sa chambre, s'asseyait près de la fenêtre et, pendant que la pluie battait les vitres ou que le vent les secouait, elle brodait obstinément une garniture[2] de jupon. Parfois, fatiguée, elle levait les yeux et contemplait au loin la mer sombre qui moutonnait. Puis, après quelques minutes de ce regard vague, elle reprenait son ouvrage.

Elle n'avait d'ailleurs rien autre chose à faire, Julien ayant pris toute la direction de la maison, pour satisfaire pleinement ses besoins d'autorité et ses démangeaisons d'économie. Il se montrait d'une parcimonie[3] féroce, ne donnait jamais de pourboires, réduisait la nourriture au strict nécessaire ; et comme Jeanne, depuis qu'elle était venue aux Peuples[4], se faisait faire chaque matin par le boulanger une petite galette normande, il supprima cette dépense et la condamna au pain grillé.

Elle ne disait rien, afin d'éviter les explications, les discussions et les querelles, mais elle souffrait comme de coups d'aiguille à chaque nouvelle manifestation d'avarice de son mari. Cela lui semblait bas et odieux à elle, élevée dans une famille où l'argent comptait pour rien. Combien souvent elle avait entendu dire à petite mère : « Mais c'est fait pour être dépensé, l'argent. » Julien maintenant répétait : « Tu ne pourras donc jamais t'habituer à ne pas jeter l'argent par les fenêtres ? » Et chaque fois qu'il avait rogné[5] quelques sous sur un salaire ou sur une note, il prononçait, avec un sourire, en glissant la monnaie dans sa poche : « Les petits ruisseaux font les grandes rivières. »

En certains jours cependant Jeanne se reprenait à rêver. Elle s'arrêtait doucement de travailler, et, les mains molles, le regard éteint, elle refaisait un de ses romans de petite fille, partie en des aventures charmantes. Mais soudain, la voix de Julien qui donnait un ordre au père Simon l'arrachait à ce bercement de songerie ; et elle reprenait son patient ouvrage en se disant : « C'est fini, tout ça » ; et une larme tombait sur ses doigts qui poussaient l'aiguille.

1. Nom d'un jeu de cartes.
2. Ornement.
3. Avarice.
4. Nom de la propriété familiale.
5. Économisé (terme péjoratif).

Lecture transversale 2

Quelle place occupe l'eau dans « Une Partie de campagne » ?

L'eau, passion personnelle et thème littéraire, occupe une place importante dans les œuvres de Maupassant. La mer et les fleuves ne sont pas seulement des cadres mais jouent un rôle dynamique dans l'intrigue de nombreuses fictions. Jean Renoir « ne conçoi[t] pas le cinéma sans eau ». On comprend dès lors qu'il ait choisi d'adapter « Une Partie de campagne », nouvelle dans laquelle la Seine a une fonction déterminante.

Retour au texte

1 • Combien de fois faut-il franchir le fleuve pour aller de Paris à Bezons ?

2 • À quels sens fait appel la première description de la Seine ?

3 • Qu'est-ce qui trouble le calme de la rivière ?

Interprétations

La frontière entre Paris et la campagne

4 • Comparez les images de la campagne avant et après que les Dufour ont franchi la Seine pour la seconde fois.

5 • Qu'évoque la rivière pour M. Dufour ?

6 • Comment les deux canotiers parlent-ils de l'eau ?

Le reflet des sentiments

7 • À quelles sensations sont associées les évocations de l'eau ? Étudiez les synesthésies dans les textes 1 et 2 (p. 64-65).

8 • Comment la Seine participe-t-elle à l'entreprise de séduction des deux canotiers ?

9 • Étudiez le motif de la pêche dans l'adaptation de Jean Renoir (texte 3, p. 65).

Un tableau impressionniste

10 • Quel rôle joue la lumière dans les descriptions de la Seine au fil du texte ?

11 • Quels éléments descriptifs peuvent évoquer un tableau impressionniste ? Dans les textes 1 et 2 (p. 64-65), relevez les éléments qui donnent une dimension picturale à la description.

Texte 1. Guy de Maupassant, « Miss Harriet », *Miss Harriet*, 1883

Le narrateur, peintre, entreprend de séduire Miss Harriet, jeune anglaise, qui réside dans la même auberge que lui, en Normandie.

Après le repas, nous étant levés ensemble, nous nous mîmes à marcher à travers la cour ; puis, attiré sans doute par l'incendie formidable que le soleil couchant allumait sur la mer, j'ouvris la barrière qui donnait vers la falaise, et nous voilà partis, côte à côte, contents comme deux personnes qui viennent de se comprendre et de se pénétrer.

C'était un soir tiède, amolli, un de ces soirs de bien-être où la chair et l'esprit sont heureux. Tout est jouissance et tout est charme. L'air tiède, embaumé, plein de senteurs d'herbes et de senteurs d'algues, caresse l'odorat de son parfum sauvage, caresse le palais de sa saveur marine, caresse l'esprit de sa douceur pénétrante. Nous allions maintenant au bord de l'abîme, au-dessus de la vaste mer qui roulait, à cent mètres sous nous, ses petits flots. Et nous buvions, la bouche ouverte et la poitrine dilatée, ce souffle frais qui avait passé l'Océan et qui nous glissait sur la peau, lent et salé par le long baiser des vagues.

Serrée dans son châle à carreaux, l'air inspiré, les dents au vent, l'Anglaise regardait l'énorme soleil s'abaisser vers la mer. Devant nous, là-bas, là-bas, à la limite de la vue, un trois-mâts couvert de voiles dessinait sa silhouette sur le ciel enflammé, et un vapeur, plus proche, passait en déroulant sa fumée qui laissait derrière lui un nuage sans fin traversant tout l'horizon.

Le globe rouge descendait toujours, lentement. Et bientôt il toucha l'eau, juste derrière le navire immobile qui apparut, comme dans un cadre de feu, au milieu de l'astre éclatant. Il s'enfonçait peu à peu, dévoré par l'Océan. On le voyait plonger, diminuer, disparaître. C'était fini. Seule le petit bâtiment montrait toujours son profil découpé sur le fond d'or du ciel lointain.

Texte 2. Guy de Maupassant, « L'âne », *Miss Harriet*, 1883

Aucun soufflé d'air ne passait dans la brume épaisse endormie sur le fleuve. C'était comme un nuage de coton terne posé sur l'eau. Les berges elles-mêmes restaient indistinctes, disparues sous de bizarres vapeurs festonnées comme des montagnes. Mais le jour étant près d'éclore, le coteau commençait à devenir visible. À son pied, dans les lueurs naissantes de l'aurore, apparaissaient peu à peu les grandes taches blanches des maisons cuirassées de plâtre. Des coqs chantaient dans les poulaillers.

Là-bas, de l'autre côté de la rivière, ensevelie sous le brouillard, juste en face de la Frette[1], un bruit léger troublait par moments le grand silence du ciel sans brise. C'était tantôt un vague clapotis, comme la marche prudente d'une barque, tantôt un coup sec, comme un choc d'aviron sur un bordage, tantôt comme la chute d'un objet mou dans l'eau. Puis, plus rien.

1. Petit village en bord de Seine.

Texte 3. Jean Renoir, *Partie de campagne* (1936), découpage (après montage définitif) et dialogue *in extenso*

RODOLPHE : Dis donc, puisque tu es d'accord pour cette… heu !... partie de pêche ! Si nous choisissions nos engins !

HENRI : On pêchera au lancer. C'est le grand chic !

RODOLPHE : Au lancer ! Avec un mort ? Avec un vif ? Ou avec un leurre artificiel ?

HENRI : Pour les femmes, avec un leurre parbleu !

RODOLPHE : Mais pêcherons-nous du bord ou en bateau ?

HENRI : En bateau, mon vieux, c'est plus chic !

Henri botte les fesses de Rodolphe et se sauve.

Raccord de mouvement, pour voir apparaître Henri et Rodolphe se poursuivant et se rejoignant devant la caméra.

HENRI, *prenant le bras de Rodolphe.* Allez, viens, mon vieux, va. Écoute, Rodolphe, vieux.

Plan américain des deux, cadrés de profil.

HENRI : Pour la mère, j'ai envie de choisir l'épervier !

RODOLPHE : De toute façon, le travail c'est d'appâter !

HENRI : Pour appâter, mon vieux, il faut un appât !

Rodolphe s'éloigne un peu, ramasse le chapeau d'Henriette et revient près d'Henri.

RODOLPHE : L'appât, le voici !

L'Avant-Scène cinéma, n° 21, 15 décembre 1962.

Pierre-Auguste Renoir, *Le Déjeuner des canotiers*, 1881.

Pierre-Auguste Renoir, *La Balançoire*, 1876.

Lecture transversale 3

Comment Jean Renoir adapte-t-il la nouvelle de Maupassant pour le cinéma ?

Jean Renoir, fils du peintre impressionniste Pierre-Auguste Renoir, adapte la nouvelle de Maupassant en 1936. Le film reste inachevé : en effet, le mauvais temps retarde le tournage de certaines scènes, Renoir a d'autres engagements, la guerre éclate… Finalement, ce n'est qu'en 1946 que sort le film, monté par Marguerite Renoir.

Interprétations

Adapter une nouvelle au cinéma

1 • Pourquoi Renoir a-t-il choisi d'adapter cette nouvelle de Maupassant ? Pour vous aider à répondre, reportez-vous au texte 2, p. 71.

2 • Quelles scènes Renoir a-t-il supprimées ? Quel est l'effet produit ?

3 • Les dialogues sont très peu nombreux dans la nouvelle : comment Renoir a-t-il fait parler ses personnages ?

Le regard de Renoir sur les personnages

4 • Quelles différences existe-t-il, dans la nouvelle et dans le film, entre Rodolphe et Henri, les deux canotiers ?

5 • À quel couple célèbre du cinéma peuvent faire penser M. Dufour et Anatole ?

6 • Comparez le personnage de Mme Dufour dans la nouvelle et dans le film.

L'impressionnisme dans le film

7 • Pourquoi Renoir situe-t-il son film en 1860, alors que la nouvelle se déroule plutôt en 1880 ?

8 • Quelle est la place de l'eau dans le film ?

9 • Qu'est-ce qui dans la technique de J. Renoir peut rappeler l'impressionnisme ? Vous pouvez vous appuyer sur le texte 1, p. 70, pour répondre à cette question.

Et vous ?

Exposé

Préparez en groupe un exposé oral, à partir de l'une des deux questions suivantes :

10 • Comparez la scène des balançoires dans la nouvelle (voir pause lecture 2, p. 40) et dans le film (5'11-7'30). Vous vous demanderez en particulier qui sont les spectateurs et quel est le rôle de la musique.

11 • Comparez le dénouement dans la nouvelle (voir Pause lecture 4, p. 52) et dans le film (34'27-38'37). Vous analyserez en particulier la place de l'eau et le personnage d'Anatole dans le film de Jean Renoir.

Texte 1. Entretien avec Jean Renoir, réalisé par Jacques Rivette et François Truffaut, 1957

Jacques Rivette et François Truffaut, deux réalisateurs de la Nouvelle Vague, ont travaillé aux Cahiers du cinéma, *revue consacrée au septième art. Ils rencontrent Jean Renoir en 1957 et l'interrogent sur la conception de* Une Partie de campagne, *qui leur semble être un film majeur.*

J'ai écrit le scénario en pensant aux endroits où on le tournerait, parce que je connaissais bien cette région du Loing, près de Montigny[1]. J'ai pensé que le Loing à cet endroit-là pourrait représenter ce qu'avait été la Seine autrefois plus près de Paris. Maintenant, il est impossible de trouver des endroits sans constructions, sans usines aux environs de Paris. Et surtout, la grosse raison du choix de ces extérieurs a été que je les connaissais absolument, que je savais à quelle heure la lumière pourrait être dirigée agréablement sur tel groupe d'arbres. Je connaissais les moindres détails de ce paysage. J'en connaissais aussi les inconvénients. Je savais qu'il risquait d'y pleuvoir : c'est le principal inconvénient, mais je ne m'attendais pas à ce que cette pluie soit aussi importante. Nous avons eu très peu de journées de soleil et, très vite, le budget prévu par Braunberger[2] a été dépassé, parce que la pluie nous retenait plus longtemps que nous ne l'avions imaginé. Alors, une fois de plus, j'ai modifié le scénario, et je l'ai adapté au temps de pluie. C'est pourquoi nous avons des séquences de pluie qui n'étaient pas prévues dans le scénario original et c'est pourquoi je n'ai pas pu tourner toutes les scènes prévues.

1. Montigny-sur-Loing (77) est situé au sud de la forêt de Fontainebleau.
2. Le producteur du film.

Texte 2. Jean Renoir, *Entretiens et propos*, 1961

Cet ouvrage réunit différents entretiens et réflexions de Jean Renoir. Il explique ici pourquoi il a choisi d'adapter une nouvelle de Maupassant.

J'ai joué du Maupassant pour une raison très simple, c'est que j'aime Maupassant et qu'il me semble que dans une petite histoire comme la « Partie de campagne », il y a tout, il y a des tas de problèmes, une partie du monde est résumée là-dedans. Il est évident qu'il y a peu d'histoires d'amour aussi touchantes que la « Partie de campagne ». C'est très fréquent dans Maupassant, c'est très fréquent dans beaucoup de grands auteurs.

Autre chose : cette histoire extrêmement courte ne me lie pas, ce n'est pas comme une pièce de théâtre qui m'imposerait des dialogues. La « Partie de campagne » ne m'imposait rien. Elle ne m'imposait qu'un cadre idéal me permettant de broder. Cette question du cadre dans lequel on brode, j'y crois beaucoup. […] Cette habitude d'utiliser une histoire déjà inventée par un autre vous libère de ce qui n'est pas important. Il y a une chose qui n'est pas importante en art, c'est d'avoir des histoires, l'histoire ça n'a aucune importance. Ce qui est important, c'est la façon dont on la raconte. Alors, si l'histoire est déjà trouvée par un autre, on est libre de donner toute son attention à ce qui est vraiment très important, c'est-à-dire aux détails. C'est-à-dire au développement des caractères et des situations.

Éditions de l'Étoile/*Cahiers du cinéma*, 1961.

Texte 3. Petit vocabulaire d'analyse filmique

Pour analyser une scène dans un film, vous devez considérer un certain nombre d'éléments concrets qui rappellent ceux que vous étudiez quand vous lisez une pièce de théâtre ou que vous assistez à sa mise en scène : le cadre spatio-temporel ; les personnages (physique, costumes, déplacements) ; les objets (nombre, utilisation) ; la musique.

Mais quelques notions sont propres à l'analyse cinématographique :

– **les plans** : portions de film impressionnées lors d'une prise de vue (entre le déclenchement du moteur et son arrêt) ;

– **le cadrage** : disposition de la scène par rapport au cadre du viseur de la caméra.

Il faut donc considérer :

– **la taille des plans** (**plan d'ensemble ; plan américain**, qui ne montre les personnages que jusqu'à mi-corps **; gros plan**), **l'angle de la prise de vue** (de face ; en plongée, c'est-à-dire de haut ; en contre-plongée, d'en bas), **le mouvement de la caméra** (travelling par exemple) ;

– **l'enchaînement des plans** : **fondu enchaîné** (pour passer d'une scène à l'autre, on superpose deux images), **fondu au noir** (l'image s'obscurcit puis devient noire, avant que ne lui succède une nouvelle scène), **montage cut** (on passe sans transition d'une scène à l'autre).

Vers l'écrit du bac

Le corps et l'espace dans les récits naturalistes

▶ **Objet d'étude : niveau Seconde : le roman et la nouvelle au XIXe siècle : réalisme et naturalisme.**

Retour vers le texte

Texte – Maupassant, « Une Partie de campagne » (1881)

La jeune fille, assise dans le fauteuil du barreur [...] comme si le buit sourd montait de ses profondeurs. (l. 279 à 307, p. 23)

Corpus complémentaire

Texte A – Jules et Edmond de Goncourt, *Germinie Lacerteux* (1865)

Pour écrire Germinie Lacerteux, *les frères Goncourt s'inspirent de l'histoire de leur bonne. L'héroïne du roman, victime de ses pulsions sexuelles, connaît la déchéance.*

D'étroits sentiers, à la terre piétinée, talée et durcie, pleins de traces, se croisaient dans tous les sens. Dans l'intervalle de tous ces petits chemins, il s'étendait, par places, de l'herbe, mais une herbe écrasée, desséchée, jaunie et morte, éparpillée comme une litière et dont les brins, couleur de paille, s'emmêlaient de tous côtés aux broussailles, entre le vert triste des orties. On reconnaissait là un de ces lieux champêtres où vont se vautrer les dimanches des grands faubourgs, et qui restent comme un gazon piétiné par une foule après un feu d'artifice. Des arbres s'espaçaient, tordus et mal venus, de petits ormes au tronc gris, tachés d'une lèpre jaune, ébranchés jusqu'à hauteur d'homme, des chênes malingres, mangés de chenilles et n'ayant plus que la dentelle de leurs feuilles. La verdure était pauvre, souffrante, et toute à jour, le feuillage en l'air se voyait tout mince ; les frondaisons rabougries, fripées et brûlées, ne faisaient que persiller le ciel. De volantes poussières de grandes routes enveloppaient de gris les fonds. Tout avait la misère et la maigreur d'une végétation foulée et qui ne respire pas, la tristesse de la verdure à la barrière : la Nature semblait y sortir des pavés. Point de chant dans les branches, point d'insecte sur le sol battu ; le bruit des tapissières étourdissait l'oiseau ; l'orgue faisait taire le silence et le frisson du bois ; la rue passait et chantait dans le paysage. Aux arbres pendaient des chapeaux de femmes attachés dans un mouchoir avec quatre épingles ; le pompon d'un artilleur éclatait de rouge à chaque instant entre les découpures de feuilles ; des marchands de gaufres se levaient des fourrés ; sur les pelouses pelées, des enfants en blouse taillaient des branches, des ménages d'ouvriers baguenaudaient en mangeant du plaisir, des casquettes de voyou attrapaient des papillons. C'était un de ces bois à la façon de l'ancien bois de Boulogne, poudreux et grillé, une promenade banale et violée, un de ces endroits d'ombre avare où le peuple va se balader à la porte des capitales, parodies de forêts, pleines de bouchons, où l'on trouve dans les taillis des côtes de melon et des pendus !

La chaleur, ce jour-là, était étouffante ; il faisait un soleil lourd et roulant dans les nuages, une lumière orageuse, voilée et diffuse, qui aveuglait presque le regard. L'air avait une lourdeur morte ; rien ne remuait ; les verdures avec leurs petites ombres sèches ne bougeaient pas, le bois était las et comme accablé sous le ciel pesant. Par moments seulement un souffle se levait, qui traînait et rasait le sol. Un vent du midi passait, un de ces vents d'énervement, fauves et fades, qui soufflent sur les sens et roulent dans du feu l'haleine du désir. Sans savoir d'où cela venait, Germinie sentait alors passer sur tout son corps quelque chose de pareil au chatouillement du duvet d'une pêche mûre contre la peau.

On allait toujours gaiement, avec cette activité un peu enivrée que donne la campagne aux gens du peuple. Les hommes couraient, les femmes les rattrapaient en sautillant. On jouait à se rouler. Il y avait dans la société des impatiences de danser, des envies de grimper aux arbres ; et de loin, le peintre s'amusait à jeter dans les meurtrières des portes du fort des cailloux qu'il y faisait toujours entrer.

À la fin, tout le monde s'assit dans une espèce de clairière, au pied d'un bouquet de chênes dont le soleil couchant allongeait l'ombre. Les hommes, allumant une allumette sur le coutil de leur pantalon, se mirent à fumer. Les femmes bavardaient, riaient, se renversaient à chaque minute dans de gros accès d'hilarité bête, et dans de criards éclats de joie. Seule, Germinie restait sans parler et sans rire. Elle n'écoutait pas, elle ne regardait pas. Ses yeux, sous ses paupières baissées, étaient fixement attachés au bout de ses bottines. Abîmée en elle-même, on l'eût dit absente du lieu et du moment où elle se trouvait. Allongée, étendue tout de son long sur l'herbe, la tête un peu relevée par une motte de terre, elle ne faisait d'autre mouvement que de poser à plat, à côté d'elle, sur l'herbe, la paume de ses mains ; puis, au bout d'un peu de temps, elle les retournait sur le dos et les reposait de même, recommençant toujours à chercher la fraîcheur de la terre pour éteindre le brûlement de sa peau.

Chapitre 48.

Texte B – Émile Zola, *La Curée* (1872)

La Curée *est le deuxième volume des* Rougon-Macquart, Histoire naturelle et sociale d'une famille sous le Second Empire. *Renée s'éprend du fils de son mari, Maxime.*

Et sous la lumière vive, Renée songeait, en regardant de loin Louise et Maxime. Ce n'était plus la rêverie flottante, la grise tentation du crépuscule, dans les allées fraîches du Bois. Ses pensées n'étaient plus bercées et endormies par le trot de ses chevaux, le long des gazons mondains, des taillis où les familles bourgeoises dînent le dimanche. Maintenant un désir net, aigu, l'emplissait.

Un amour immense, un besoin de volupté, flottait dans cette nef close, où bouillait la sève ardente des tropiques. La jeune femme était prise dans ces noces puissantes de la terre, qui engendraient autour d'elle ces verdures noires, ces tiges colossales ; et les couches âcres de cette mer de feu, cet épanouissement de forêt, ce tas de végétations, toutes brûlantes des entrailles qui les nourrissaient, lui jetaient des effluves troublants, chargés d'ivresse. À ses pieds, le bassin, la masse d'eau chaude, épaissie par les sucs des racines flottantes, fumait, mettait à ses épaules un manteau de vapeurs lourdes, une buée qui lui chauffait la peau, comme l'attouchement d'une main moite de volupté. Sur sa tête, elle sentait le jet des Palmiers, les hauts feuillages secouant leur arôme. Et plus que l'étouffement chaud de l'air, plus que les clartés vives, plus que les fleurs larges, éclatantes, pareilles à des visages riant ou grimaçant entre les feuilles, c'étaient surtout les odeurs qui la brisaient. Un parfum indéfinissable, fort, excitant, traînait, fait de mille parfums : sueurs humaines, haleines de femmes, senteurs de chevelures ; et des souffles doux et fades jusqu'à l'évanouissement, étaient coupés par des souffles pestilentiels, rudes, chargés de poisons. Mais, dans cette musique étrange des odeurs, la phrase mélodique qui revenait toujours, dominant, étouffant les tendresses de la Vanille et les acuités des Orchidées, c'était cette odeur humaine, pénétrante, sensuelle, cette odeur d'amour qui s'échappe le matin de la chambre close de deux jeunes époux.

Renée, lentement, s'était adossée au socle de granit. Dans sa robe de satin vert, la gorge et la tête rougissantes, mouillées des gouttes claires de ses diamants, elle ressemblait à une grande fleur, rose et verte, à un des Nymphéa du bassin, pâmé par la chaleur. À cette heure de vision nette, toutes ses bonnes résolutions s'évanouissaient à jamais, l'ivresse du dîner remontait à sa tête, impérieuse, victorieuse, doublée par les flammes de la serre. Elle ne songeait plus aux fraîcheurs de la nuit qui l'avaient calmée, à ces ombres murmurantes du parc, dont les voix lui avaient conseillé la paix heureuse. Ses sens de femme ardente, ses caprices de femme blasée s'éveillaient. Et, au-dessus d'elle, le grand Sphinx de marbre noir riait d'un rire mystérieux, comme s'il avait lu le désir enfin formulé qui galvanisait ce cœur mort, le désir longtemps fuyant, « l'autre chose » vainement cherchée par Renée dans le bercement de sa calèche, dans la cendre fine de la nuit tombante, et que venait brusquement de lui révéler sous la clarté crue, au milieu de ce jardin de feu, la vue de Louise et Maxime, riant et jouant, les mains dans les mains.

Chapitre 1.

Sujet de bac

Questions *(4 pts)*

Quelle relation s'établit entre la nature et les personnages ?

Travaux d'écriture *(16 pts)*

■ **Commentaire :**

Vous commenterez le texte B, extrait de *La Curée* de Zola.

■ **Dissertation :**

Les frères Goncourt définissent ainsi les romans naturalistes : « Le roman depuis Balzac n'a plus rien de commun avec ce que nos pères entendaient par roman. Le roman actuel se fait avec des documents, racontés ou relevés d'après nature, comme l'histoire se fait avec des documents écrits » (*Journal*, 24 octobre 1864).

Vous discuterez cette affirmation en vous appuyant sur des exemples précis tirés du corpus ou de vos lectures personnelles.

■ **Invention :**

L'héroïne d'un roman de Zola s'en prend aux écrivains naturalistes, et s'insurge « contre cette littérature immonde dont la prétention était de rendre la nature ; comme si l'on pouvait tout montrer ! Comme si un roman ne devait pas être écrit pour passer une heure agréable ! ». Écrivez le discours d'un lecteur du XIXe siècle qui critiquera ou défendra le naturalisme en littérature.

Doit-on condamner la nouvelle pour immoralité ?

Dès la publication de « Une Partie de campagne », tous les critiques s'accordent pour en noter l'immoralité : une jeune fille et sa mère, une femme mariée donc, se laissent séduire par des canotiers, aux yeux et à la barbe de leur père et mari ! Mais si certains au XIXe siècle la condamnent, d'autres la tolèrent en tant que représentative de la vision du monde de Maupassant, voire s'en réjouissent… Jean Renoir, lorsqu'il s'empare de l'œuvre, accorde un traitement bien différent aux deux aventures qui se jouent dans la nouvelle, celle de la mère et celle de la fille, de même qu'il distingue soigneusement les deux canotiers.

1• À quoi est lié le « caractère licencieux » des nouvelles de Maupassant selon Henry James (texte 1, p. 79) ? selon Pierre Danger (texte 3, p. 82) ?

2• Quels reproches Léon Tolstoï adresse-t-il à Maupassant (texte 2, p. 80) ?

3• En quoi l'écriture de Maupassant repose-t-elle sur une contradiction (texte 1, p. 79) ?

4• Sur quoi ces trois auteurs s'accordent-ils au-delà de leurs différences ?

5• Dans son film, quel traitement Jean Renoir fait-il de l'immoralité de l'œuvre ?

Texte 1 • Henry James, *Sur Maupassant* (1888)

Henry James, auteur d'origine américaine, naturalisé anglais, compare le regard de Maupassant sur la société qui l'entoure avec le regard que portent sur elle des auteurs britanniques.

Depuis dix ans, notre auteur [Maupassant] publie avec régularité ces petites œuvres denses dont le lecteur anglais trouvera probablement, à première vue, que le trait le plus général est leur caractère licencieux. En fait, elles n'en relèvent qu'à des degrés très divers, et à y regarder de plus près, on s'aperçoit qu'on peut distinguer de multiples catégories. Il n'est même pas juste, à mon avis, de dire que ce qui les rapproche le plus est d'être extrêmement *lestes*[1]. Ce qui les rapproche le plus, en réalité, c'est d'être extrêmement fortes, et, en second lieu, d'être extrêmement brutales. Une histoire peut être obscène sans être brutale, et *vice versa*, et le mépris de M. de Maupassant pour les interdits censément prononcés dans l'intérêt des bonnes mœurs n'est qu'un aspect – très important d'ailleurs – de son mépris universel. Qu'un pessimisme si absolu s'allie à l'amour du travail bien fait, ou même à des supputations quant au genre de travail qui rapporte le plus dans un pays amateur de style, constitue, comme je l'ai déjà suggéré, une anomalie des plus étonnantes, car on pourrait croire, au vu de tels sentiments, que rien n'a aucune valeur.

1. En français dans le texte.

Texte 2 • Léon Tolstoï, *Zola, Dumas, Guy de Maupassant* (1896)

Le célèbre romancier russe est aussi un lecteur critique attentif à ses contemporains français.

Mais à en juger par le petit recueil que je venais de lire[1], il était malheureusement dépourvu de la principale des trois conditions, sauf le talent, indispensable à toute œuvre artistique. Ces conditions sont : 1° un rapport normal, c'est-à-dire moral, entre l'auteur et le sujet qu'il traite ; 2° la clarté de l'exposition ou la beauté de la forme, ce qui est tout un ; 3° la sincérité, c'est-à-dire un réel sentiment d'amour ou de haine pour ce que dépeint l'artiste. De ces trois conditions, Maupassant ne possédait que les deux dernières et était complètement dépourvu de la première ; il n'existait pas chez lui un rapport normal, c'est-à-dire moral, entre lui et les sujets qu'il traitait.

À en juger par ce que j'avais lu, Maupassant avait du talent, c'est-à-dire un don d'attention qui lui permettait de découvrir dans les choses et dans les manifestations de la vie les côtés qui leur sont propres mais qui restent invisibles aux autres hommes. Il possédait également la beauté de la forme, c'est-à-dire il exprimait clairement, simplement et artistiquement ce qu'il voulait dire. Enfin, il possédait cette condition nécessaire à la création de toute œuvre d'art et sans laquelle elle ne produit aucune action : la sincérité ; c'est-à-dire, il ne feignait pas d'aimer ou de haïr, mais il aimait et haïssait réellement ce qu'il décrivait.

Malheureusement, étant dépourvu de la première condition, sinon de l'essentielle, qui donne de la valeur à l'œuvre d'art, du rapport normal et moral entre lui et ce qu'il dépeignait, c'est-à-dire de la faculté de distinguer entre le bien et le mal, il aimait et dépeignait ce qu'il ne fallait pas aimer et dépeindre, et il n'aimait pas et ne dépeignait pas ce qu'il fallait aimer et dépeindre. […]

La nouvelle, « Une Partie de campagne », m'a frappé particulièrement par cette ignorance de la distinction entre le bien et le mal. L'auteur nous y présente comme la plaisanterie des plus charmantes et des plus drôles la description détaillée de la façon dont deux messieurs, en se promenant en canot, les bras nus, ont séduit en même temps, l'un la vieille mère et l'autre la jeune fille, sa fille à elle.

La sympathie de l'auteur est toute entière pour les deux vauriens, et cela au point qu'il semble non seulement négliger mais simplement ne pas voir ce qu'ont dû sentir, ce qu'ont dû éprouver la mère et la fille séduites, le père et le jeune homme, sans doute le fiancé de la jeune fille. Il s'ensuit non seulement que nous nous trouvons en présence d'une description révoltante d'un crime répugnant présenté sous forme de farce, mais encore l'incident lui-même est faussement raconté, parce que le récit ne se rapporte qu'au côté le plus signifiant du sujet : le plaisir goûté par les vauriens.

Traduction Ely Halpérine-Kaminsky, 1904.

1. *La Maison Tellier.*

Texte 3. Pierre Danger, « La transgression dans l'œuvre de Maupassant » (1993)

Il est facile de reconnaître dans ce goût pour la grivoiserie la relation ambiguë qu'entretient la société de l'époque avec le sexe, à la fois objet d'interdiction et point d'ancrage d'une évidente fixation obsessionnelle. Le rire rassure face à l'objet refoulé, le rire autorise face à tous les tabous du conformisme bourgeois. Maupassant participe donc à cet exorcisme qui est l'un des rites sociaux de son temps, il en est même le grand prêtre, si l'on peut dire. Mais ce qui le distingue de la pratique ordinaire de la grivoiserie, c'est que chez lui celle-ci procède d'une vision du monde dont les manifestations se reconnaissent à des niveaux bien différents.

In *Maupassant et l'écriture*, Actes du colloque de Fécamp, 21-22-23 mai 1993, © Nathan, 1993.

Pierre-Auguste Renoir, *Alphonsine Fournaise* (fille d'un propriétaire de guingnette), 1879.

La « danse du faune » : Mme Dufour (Jane Marken) et Rodolphe (Jacques Brunius) dans le film de Jean Renoir (1936).

Question d'actualité

Comment occuper son temps libre ?

Les Dufour, une fois par an, s'offrent une partie de campagne, dont ils rêvent cinq mois à l'avance... Ces parties se multiplient pour les spectateurs du film de Renoir, qui, grâce au Front populaire, découvrent en 1936 la semaine de 40 heures et les congés payés. Aujourd'hui, la semaine de 35 heures et son cortège de jours de RTT offrent encore plus de loisirs aux travailleurs. Désormais, le temps libre semble l'emporter sur le temps de travail. La question se pose donc de la gestion de ce temps libre. D'ailleurs est-il complètement libre ? La création d'un sous-secrétariat d'État à l'organisation des loisirs et des sports en 1936 suggère en effet que l'État aurait la charge de la gestion du temps libre ou, pour reprendre l'expression d'un journal de l'époque, de la « codification des rêves ». À moins que ce ne soit le rôle des professionnels du tourisme, qui assurent dans le cadre d'une concurrence acharnée, le triomphe du loisir collectif... Le temps libre de chacun est-il compatible avec le temps libre de tous ?

1 • Quel regard Umberto Eco porte-t-il sur le temps libre (texte 1, p. 85) ?

2 • Les bourgeois, selon Maupassant, sont « affamés de promenades aux champs ». Que fait-on de ses loisirs aujourd'hui d'après les différents textes ?

3 • D'après les textes 2 (p. 86) et 3 (p. 87), quels sont les liens entre temps libre et temps de travail ?

4 • Quelle est la part de liberté dans l'occupation de son temps libre ?

Texte 1 • Umberto Eco, *L'Espresso*, 1992

Umberto Eco, linguiste et romancier italien, s'insurge contre le tourisme de masse en lui opposant sur un ton polémique une vision élitiste des loisirs.

Un des grands phénomènes de notre temps est le tourisme de masse, et le tourisme de masse s'exerce aussi sur des lieux comme Florence ou Venise avec les résultats que nous connaissons, car la respiration de trop nombreux visiteurs endommage *Le Printemps* de Botticelli… Si tout le monde en profite, l'œuvre s'abîme. L'unique solution est de n'en faire profiter que ceux qui ont une véritable motivation réelle et y tiennent vraiment.

Or il est évident pour tous, qu'un pourcentage énorme des visiteurs de la cité d'art s'y rendent seulement en partie de campagne, pour voir quelque chose dont on parle, mais qu'ils parcourent les galeries en hurlant et sans vraiment regarder les tableaux, et qu'ils jettent des canettes de Coca-Cola dans la lagune. Tous ces gens, s'ils avaient un Disneyland vers lequel se diriger, préfèreraient peut-être dépenser leur argent là-bas. Longue vie aux multiples Disneyland possibles, qui contribueraient au bonheur du tourisme de masse sans l'amener à ruiner les lieux les plus délicats.

Cité dans Jean-Michel Leterrier, *Y a-t-il une vie après les 35 heures*,
Éditions de l'Atelier, 1999.

Texte 2 • Jean-Michel Leterrier, *Y a-t-il une vie après les 35 heures ?*, 1999

Mais l'ombre du travail [sur le temps libre], c'est également la fatigue physique et nerveuse, l'envie, la disponibilité. La dépendance est alors bien plus grande encore, et ce serait la minimiser que l'évaluer à la seule aune économique. C'est en quelque sorte structurellement que bien des activités de culture et de loisir portent le sceau du travail. Michel Verret a magistralement mis en évidence les mécanismes de cette subordination et montré comment « *le temps de travail est d'abord si mêlé, pour ne pas dire enlacé à tous les autres, qu'à peine en est-il distingué, en pensée comme en fait…*[1] ».

Cet enlacement des temps de vie autour du temps de travail n'est pas sans conséquence sur le temps de loisir et Michel Verret remarque, en effet, que le travail y reconduit en « *ombre portée, ses logiques de professionnalisation, ici encore libre ou salariée, vocationnelle ou non, en ces nouveaux métiers, dont nous voyons la sollicitation s'emparer du loisir, des jeux aux divertissements et à la consommation culturelle* ».

Cette ombre du travail qui enveloppe et recouvre une grande partie de la vie hors-travail, c'est également le degré d'investissement, la marge d'intervention dont disposent les salariés dans leur entreprise. Peut-on être l'auteur et l'acteur de ses loisirs si l'on vous refuse, par ailleurs dans l'espace de la production, toute responsabilité et toute initiative personnelle ? La citoyenneté, tout comme l'individualité, ne serait être sélective et cantonnée dans certains territoires dûment repérés. Or, si la citoyenneté à l'entreprise, bien qu'encore quelques fois contestées, est aujourd'hui, grâce aux conquêtes sociales majoritairement reconnue, il n'en est pas de même, loin s'en faut, dans le temps de non-travail. En effet, il nous faut bien constater que cette sphère d'activités échappe de plus en plus à l'espace de la démocratie et de la citoyenneté. Marchands de rêves, fabricants d'images et de pensées, bétonneurs d'imaginaire règnent désormais, presque sans partage, sur cette civilisation des loisirs, devenue en quelques décennies une société du spectacle. Exit le mouvement associatif et le riche réseau de l'éducation populaire.

1. Michel Verret, *Chevilles ouvrières*, Éditions de l'Atelier, 1995, p. 213.

Texte 3 • Jean Viard, *Le Sacre du temps libre, la société des 35 heures*, 2002

Autrement dit, depuis quinze ans tous les temps d'activité diminuent – dont le temps de travail, de transport et d'études de 20 minutes – et seuls les temps des loisirs et de l'amitié augmentent en tout de 43 minutes par jour, ce qui est une inflexion forte sur une période aussi courte.

Françoise Potier note que l'évolution de fond paraît liée non seulement à la masse de temps libre – et donc au fait qu'entre les loisirs se crée une sorte de marché des plaisirs et des intérêts –, mais aussi à la flexibilité croissante du travail qui tend à lui enlever peu à peu deux attributs importants : « le pouvoir régulateur sur le temps et l'espace, et la frontière entre les espaces temporels dévolus au travail et ceux réservés au temps hors travail ».

Françoise Potier continue : « La porosité s'est accrue entre le temps de travail et le temps libre, entre le temps quotidien, du week-end, du mois, et celui de l'année, entre le quotidien et le non-quotidien. Des corrélations de plus en plus fortes se dégagent entre les sphères de mobilités qui correspondent à chacun de ces temps. La longue distance n'est plus réservée au temps du non-quotidien ; le week-end, les courts séjours font maintenant partie du quotidien. [...]

Le quotidien n'est plus consacré aux seuls travail et études. Les activités de temps libre réalisées hors domicile durant la semaine deviennent plus fréquentes dans des espaces plus lointains, hors agglomération, voire hors région. Le week-end reste un moment privilégié pour réaliser des activités lointaines, et des déplacements de la journée appelés excursions explosent, mais sont les plus mal identifiés. Ajoutons à cela la croissance des courts séjours, en milieu de semaine ou le week-end. Ainsi, les loisirs sont pratiqués toute la semaine, sans être réservés aux seuls week-ends ou aux vacances. Ces activités se développent à travers des réseaux sociaux élargis et renforcés, et une plus grande intensité culturelle. En effet, lorsqu'on évoque les activités de loisirs, on pense à la culture, au sport, mais on oublie le rôle croissant des réseaux sociaux dans les pratiques d'activités quotidiennes et non-quotidiennes. Ces activités de sociabilité ont entraîné l'impact le plus important sur l'augmentation de la mobilité (+ 44 % en voyageur/kilomètre) ».

Claude Monet, *Les Bains de la Grenouillère*, 1869.

Il s'agit d'un des dix-neuf tableaux peints par Monet et Renoir en 1869 et représentant la célèbre guinguette (voir cahier couleur, planches VI et VII)

Rencontre avec

Claude Gauteur, auteur de *D'un Renoir à l'autre* (Le Temps des Cerises, 2005), a réuni et présenté *Écrits 1926-1971* et *Le Passé vivant* de Jean Renoir, ainsi que ses *Œuvres de cinéma inédites* et *Julienne et son amour*.

Claude Gauteur,

écrivain, critique de cinéma.

▸ *Pourriez-vous présenter en quelques mots le cinéma de J. Renoir ?*

Jean Renoir (1894-1979), deuxième fils du célèbre peintre impressionniste Pierre-Auguste Renoir, est l'un des plus grands cinéastes français, sinon le plus grand. Il a débuté au cinéma (alors muet !) en 1924 et réalisé ensuite des films parlants, dont plusieurs sont aujourd'hui considérés comme des « classiques ». D'un côté des scénarios originaux (*Toni*, 1934, *Le Crime de Monsieur Lange*, 1935, *La Grande illusion*, 1937, *French Cancan*, 1954), de l'autre des adaptations (*La Chienne*, 1931, *Boudu sauvé des eaux*, 1932, *La Bête humaine*, 1938, *The River/Le Fleuve, 1950, Le Carrosse d'or*, 1952). Dans les années 1960, ne trouvant plus de producteur, il se tourne vers l'écriture. Il est l'auteur notamment d'une biographie *Pierre-Auguste Renoir, mon père* (1962) et d'un roman *Les Cahiers du capitaine Georges* (1966). Il tourne son dernier film en 1969. Sa santé décline. Il écrit son autobiographie, *Ma Vie et mes films* (1974), et meurt en 1979.

▸ *Quelle place occupe* Partie de campagne *dans son œuvre ?*

Renoir a tourné *Partie de campagne* durant l'été 1936, à l'exception de deux ou trois scènes. Pour lui, c'était un court métrage. Son producteur, Pierre Braumberger, a tenté en vain d'en faire un long métrage, puis a fait effectuer dix ans plus tard le montage du matériel existant par Marguerite Houllé-Renoir et a confié la musique à Joseph

Kosma, Renoir vivant aux États-Unis depuis 1941. *Partie de campagne* est un chef-d'œuvre, mais à l'insu de son auteur.

▸ *Durant l'été 1936, c'est-à-dire juste après la victoire du Front populaire ?*

Il est paradoxal en effet de relever que Renoir, compagnon de route du parti communiste français et réalisateur de son manifeste électoral, *La Vie est à nous*, tourne *Partie de campagne*, film qui se déroule en 1860 et dénué de tout engagement politique, juste après la victoire de la gauche. Renoir a toujours été un homme pétri de contradictions.

▸ *Pourriez-vous parler d'une scène emblématique du film ?*

La plus belle scène du film, qui en comporte tant, est la scène du baiser de Henri et Henriette, baiser qui suggère, dans le respect des bienséances, une étreinte. Dans les rushes, on voit Renoir diriger les comédiens et il leur demande de recommencer de nombreuses fois la scène. Il n'a l'idée de l'œil sur lequel se clôt la séquence qu'à la fin. Henriette se débat, puis elle se livre. En s'approchant de plus en plus du visage de l'héroïne, puis de son œil, qui reflète ses sentiments contraires, Renoir montre le passage d'un refus pudique à une acceptation sensuelle. Cette séquence fait basculer le film de la comédie à la tragédie : Henriette et Henri ne se remettront jamais de ce dimanche qui les a réunis un instant et qui les a séparés pour toujours.

▸ *Quel rapport Jean Renoir entretient-il avec l'œuvre de son père ?*

Quand le jeune Renoir a dû choisir un métier, il était évidemment hors de question pour lui d'être peintre. Avant de se consacrer au cinéma, il pratiqua la céramique. Dans *Partie de campagne*, il ne voulait surtout pas reconstituer les tableaux de son père. Il voulait recréer une époque. Par ailleurs, ce thème des canotiers, cher à son père et à ses amis, peintres et écrivains, lui permettait d'exprimer la fascination qu'il éprouvait depuis son enfance pour l'eau, présente dans nombre de ses films. L'eau est à l'origine des mouvements d'appareil « aquatiques » du cinéaste, de la fluidité de son style.

▸ *Pourquoi a-t-il choisi d'adapter une nouvelle de Maupassant, et précisément « Une Partie de campagne » ?*

Il voulait réaliser un court métrage en le traitant dramatiquement et esthétiquement comme un long. Maupassant trouvait que tout était rose chez Pierre-Auguste Renoir et ce dernier que tout était noir chez Maupassant : sans doute, Jean Renoir a-t-il tenté de faire la synthèse du rose et du noir...

Lire

• Gustave Flaubert, *Madame Bovary,* 1857

Maupassant apprend beaucoup auprès de son maître Flaubert, qui signe ici un roman dont le personnage est une femme de la petite bourgeoisie de province.

• Guy de Maupassant, *Une Vie,* 1883

Dans ce roman, Maupassant raconte la vie de Jeanne de Lamare, jeune fille naïve et romanesque, mal mariée, mal préparée à affronter la vie. L'auteur situe l'histoire en Normandie, ce qui lui donne l'occasion de peindre la mer à la manière des peintres impressionnistes.

• Émile Zola, *Au Bonheur des dames,* 1883

Ce roman foisonnant évoque plusieurs destins de femmes : il met en particulier en scène Denise, vendeuse dans un grand magasin, et sa cousine, qui travaille dans la boutique de son père, comme est appelée à le faire Henriette. Denise passe parfois la journée dans une guinguette des bords de Seine avec ses collègues.

• Émile Zola, *L'Œuvre,* 1886

Ce roman met en scène le personnage du peintre Claude Lantier et offre une réflexion saisissante sur les mutations de l'art dans la seconde moitié du XIX*e siècle.*

• Émile Zola, *Mon Salon,* 1866

Recueil d'articles sur l'art par le chef de file du mouvement naturaliste.

Voir

- **Jean Renoir, *Partie de campagne,* 1936**

Le fils du peintre impressionniste Pierre-Auguste Renoir adapte la nouvelle de Maupassant en 1936, mais il ne peut achever son œuvre.

- **Max Ophüls, *Le Plaisir,* 1952**

Film en trois parties chacune adaptée d'une nouvelle de Maupassant. La partie centrale est une adaptation de « La Maison Tellier », nouvelle tirée du même recueil que « Une Partie de campagne ».

- ***Chez Maupassant,* 2008**

Coffret de DVD rassemblant des adaptations de différentes nouvelles de Maupassant, dont « Histoire d'une fille de ferme », nouvelle extraite de La Maison Tellier. *Différents réalisateurs, parmi lesquels on peut citer Claude Chabrol, ont réalisé ces téléfilms de qualité inégale.*

- **Alain Jaubert, *Palettes. La Naissance de l'impressionnisme***

Un critique d'art commente trois tableaux : Olympia *de Manet,* Bal du moulin de la Galette *de Renoir et* Le Bassin aux nymphéas *de Monet.*

- ***Deux sites à consulter***

– Le musée d'Orsay : www.musee-orsay.fr
– Le musée des impressionismes à Giverny : museedesimpressionismesgiverny.com

INDEX DES PEINTRES, DES TABLEAUX ET DES IMAGES DU FILM

Peintures

Images du film de Jean Renoir (1894-1979)

TABLE DES ILLUSTRATIONS

En couverture : *Canotiers à Chatou*, 1879, huile sur toile (100 × 81 cm), National Gallery of Art, Washington, akg-images/Erich Lessing.
p. 4 : BIS/Ph. Coll. Archives Nathan.
p. 5 : Selva/Leemage.
p. 8 : BIS/Ph. Coll. Archives Larbor.
p. 10 : BIS/© Archives Larbor.
p. 12 : BIS/Ph. Joseph Martin © Archives Bordas.
p. 13 : Archives Nathan/Jean Renoir/Panthéon productions.
p. 29 : BIS/© Archives Larbor.
p. 30 : BIS/Ph. Coll. Archives Bordas.
p. 31 : Archives Nathan/Jean Renoir/Panthéon productions.
p. 33 : Archives Nathan/Jean Renoir/Panthéon productions.
p. 43 bas : Archives Nathan/Jean Renoir/Panthéon productions.
p. 43 haut : Archives Nathan/Jean Renoir/Panthéon productions.
p. 48 : Archives Nathan/Jean Renoir/Panthéon productions.
p. 49 : BIS/© Archives Larbor.
p. 66 : Archives Nathan/Jean Renoir/Panthéon productions.
p. 67 : Planeta.
p. 68 : BIS/Ph. H. Josse © Archives Larbor.
p. 82 : BIS/Ph. Hubet Josse © Archives Larbor.
p. 83 : Archives Nathan/Jean Renoir/Panthéon productions.
p. 89 : BIS/© Archives Larbor.

PLANCHE I : BIS/Ph. Hubert Josse © Archives Larbor.
PLANCHE II : BIS/Ph. H. Josse © Archives Larbor.
PLANCHE III : BIS/© Archives Larbor.
PLANCHE IV : BIS/© Archives Larbor.
PLANCHE V : BIS/Ph. Studios Photorob © Archives Larbor.
PLANCHE VI : BIS/© Archives Larbor.
PLANCHE VII : BIS/© Archives Larbor.
PLANCHE VIII : BIS/Ph. Eileen Tweedy © Archives Larbor.

Conception graphique : Laurence Durandau/Laurence Ningre
Design de couverture : Denis Hoch
Recherche iconographique : Gaelle Mary
Mise en page : ScienTech Livre
Édition : Odile Gandon, Lolita Gillet

N° d'éditeur : 10188453 - Dépôt légal : septembre 2012
Imprimé en France par I.M.E.

COLLÈGE

73. **Balzac**, *Adieu*
65. **Bédier**, *Le Roman de Tristan et Iseut*
74. **Chrétien de Troyes**, *Yvain ou le Chevalier au lion*
51. **Courteline**, *Le gendarme est sans pitié*
38. **Dumas**, *Les Frères corses*
71. **Feydeau**, *Un fil à la patte*
67. **Gautier**, *La Morte amoureuse*
1. **Homère**, *L'Odyssée*
29. **Hugo**, *Le Dernier Jour d'un condamné*
2. **La Fontaine**, *Le Loup dans les Fables*
3. **Leprince de Beaumont**, *La Belle et la Bête*
10. **Maupassant**, *Boule de suif*
26. **Maupassant**, *La Folie dans les nouvelles fantastiques*
43. **Maupassant**, 4 nouvelles normandes (*anthologie*)
62. **Mérimée**, *Carmen*
11. **Mérimée**, *La Vénus d'Ille*
68. **Molière**, *George Dandin*
7. **Molière**, *L'Avare*
23. **Molière**, *Le Bourgeois gentilhomme*
58. **Molière**, *Le Malade imaginaire*
70. **Molière**, *Le Médecin malgré lui*
52. **Molière**, *Le Sicilien*
36. **Molière**, *Les Fourberies de Scapin*
28. **Musset**, *Il ne faut jurer de rien*
6. **Nicodème**, *Wiggins et le perroquet muet*
21. **Noguès**, *Le Faucon déniché*
59. **Perrault**, 3 contes (anthologie)
8. **Pouchkine**, *La Dame de pique*
12. **Radiguet**, *Le Diable au corps*
39. **Rostand**, *Cyrano de Bergerac*
24. **Simenon**, *L'Affaire Saint-Fiacre*
9. **Stevenson**, *Le Cas étrange du Dr Jekyll et de M. Hyde*
54. **Tolstoï**, *Enfance*
61. **Verne**, *Un hivernage dans les glaces*
25. **Voltaire**, *Le Monde comme il va*
53. **Zola**, *Nantas*
42. **Zweig**, *Le Joueur d'échecs*
4. *La Farce du cuvier* (anonyme)
37. *Le Roman de Renart* (anonyme)
5. Quatre fabliaux du Moyen Âge (*anthologie*)
41. Les textes fondateurs (*anthologie*)
22. 3 contes sur la curiosité (*anthologie*)
40. 3 meurtres en chambre close (*anthologie*)
44. 4 contes de sorcières (*anthologie*)
27. 4 nouvelles réalistes sur l'argent (*anthologie*)
64. *Ali Baba et les 40 voleurs*

LYCÉE

33. **Balzac**, *Gobseck*
60. **Balzac**, *L'Auberge rouge*
47. **Balzac**, *La Duchesse de Langeais*
18. **Balzac**, *Le Chef-d'œuvre inconnu*
72. **Balzac**, *Pierre Grassou*
34. **Barbey d'Aurevilly**, *Le Bonheur dans le crime*
32. **Beaumarchais**, *Le Mariage de Figaro*
20. **Corneille**, *Le Cid*
56. **Flaubert**, *Un cœur simple*
49. **Hugo**, *Ruy Blas*
57. **Marivaux**, *Les Acteurs de bonne foi*
48. **Marivaux**, *L'Île des esclaves*
19. **Maupassant**, *La Maison Tellier*
69. **Maupassant**, *Une partie de campagne*
55. **Molière**, *Amphitryon*
15. **Molière**, *Dom Juan*
35. **Molière**, *Le Tartuffe*
63. **Musset**, *Les Caprices de Marianne*
14. **Musset**, *On ne badine pas avec l'amour*
46. **Racine**, *Andromaque*
66. **Racine**, *Britannicus*
30. **Racine**, *Phèdre*
13. **Rimbaud**, *Illuminations*
50. **Verlaine**, *Fêtes galantes*, *Romances sans paroles*
45. **Voltaire**, *Candide*
17. **Voltaire**, *Micromégas*
31. *L'Encyclopédie* (*anthologie*)
17. *L'Homme en débat au* XVIIIe siècle (*anthologie*)
16. Traits et portraits du XVIIe siècle (*anthologie*)